DON DOMINGO DE DON BLAS

(NO HAY MAL QUE POR BIEN NO VENGA)

Juan Ruiz de Alarcón

Copyright del texto © 2023 Culturea ediciones
Sitio web : http://culturea.fr
Impresión: BOD - Books on Demand
(Norderstedt, Alemania)
Correo electrónico : infos@culturea.fr
ISBN :9791041937905
Depósito legal : abril 2023
Queda prohibido reproducir parte alguna de
esta publicación,
en cualquier forma material, sin el premiso
por escrito
de los dos titulares del copyright.

PERSONAS QUE HABLAN EN ELLA:

- Don JUAN Bermúdez, galán
- Don DOMINGO de Don Blas
- El Príncipe don GARCÍA
- Don RAMIRO, viejo grave
- El REY don Alfonso III, viejo
- BELTRÁN, criado de don Juan Bermúdez, gracioso
- NUÑO, criado de Don Domingo de Don Blas
- MAURICIO, criado
- Doña LEONOR, dama
- Doña COSTANZA, dama
- INÉS, criada
- Un SOMBRERERO
- Un SASTRE
- Un GENTILHOMBRE
- CRIADOS

ACTO PRIMERO

Salen don JUAN, con unas llaves, y BELTRÁN

JUAN: La casa no puede ser
 más alegre y bien trazada.
BELTRÁN: Para ti fuera extremada,
 pues vinieras a tener
  pared en medio a Leonor;
 mas piden adelantados
 por un año cien ducados
 y estás sin blanca, señor.
JUAN: Yo pierdo mil ocasiones
 por tener tan corta suerte.
BELTRÁN: Pues ya no esperes valerte
 de trazas y de invenciones.
  No hay embuste, no hay enredo
 que puedas lograr agora
 porque todos ya en Zamora
 te señalan con el dedo,
  de suerte que me admiró
 que no temiese el empeño
 de sus llaves, cuando el dueño
 de la casa me las dio.
JUAN: Nada me tiene afligido
 como ver que he de perder
 a Leonor, después de haber
 sus favores merecido,
  y después que me ha costado
 tanta hacienda el festejarla,
 servirla y galantearla.
BELTRÁN: Con eso me has [acordado]
  una bien graciosa historia
 que has de oír aunque esté triste.
 Bien pienso que conociste
 a Pedro Núñez de Soria.
JUAN: En Castilla le traté
 y era hombre amable y gustoso.

BELTRÁN: Ése, pues poco dichoso,
           tan pobre en un tiempo fue
              que por alcanzar apenas
           para el sustento, jugaba
           la mohatra y adornaba
           todo de ropas ajenas.
              Riñó su dama con él
           y, en un cuello que traía,
           ajeno como solía,
           hizo un destrozo crüel.
              El dueño, cuando entendió
           la desdicha sucedida,
           a la dama cuellicida
           fue a buscar, y así la habló:
              "Una advertencia he de haceros
           por si acaso os enojáis
           otra vez, y es que riñáis
           con vuestro galán en cueros;
              que cuando la furia os viene,
           el vestido le embestís,
           haced cuenta que reñís
           con cuantos amigos tiene."
JUAN: Bueno es el cuento; mas di,
           ¿a qué propósito ha sido?
BELTRÁN: ¿Pues aún no lo has entendido?
           Estás tú sintiendo aquí
              el dinero que has gastado
           en celebrar a Leonor,
           y lo pudieran mejor
           sentir los que lo han prestado.
JUAN: ¿Era mi hacienda tan poca
           que no puede entrar en cuenta?
BELTRÁN: No; pero deja que sienta
           cada cual lo que le toca.
JUAN: ¡Qué bien sabes discurrir
           contra mí!
BELTRÁN: ¿Puedes culpar,
           pues que te ayudo a pecar,
           que te ayude a arrepentir?
JUAN: Entra, y mira si a Leonor

puedo hablar, y aquí te espero.
BELTRÁN: No sé cómo, sin dinero,
    puede durarte el amor.

Vase BELTRÁN. Sale NUÑO

NUÑO: (Ésta se alquila y parece   **Aparte.**
    a medida del intento,
    si es tan buena de aposento
    como la fachada ofrece.
     El dueño debe de ser
    éste que a la puerta está
    con las llaves; bien será,
    si agora la puedo ver,
     llevar de ella relación.
    Quiero hablarle.) Caballero,
    para cierto forastero
    quisiera, si es ocasión,
     ver esta casa.
JUAN: Es muy cara;
    que han de darse adelantados
    por un año cien ducados.
NUÑO: No importa; que no repara
     mi dueño, que mucho más
    puede dar en interés
    si es a su gusto.
JUAN: ¿Y quién es?
NUÑO: Don Domingo de Don Blas.
JUAN: ¿De Don Blas?
NUÑO: Sí.
JUAN: ¿Qué apellido
    tan extraño!
NUÑO: Extraño y nuevo
    es sin duda; mas me atrevo
    a apostar que el más lucido,
     linajudo caballero
    de este reino le tomara,
    como el nombre le importara
    lo que importa al forastero.

JUAN: Si no os llama algún cuidado
           que requiera brevedad,
           lo que apuntáis me contad
           y dejaréisme obligado.
NUÑO: Es dar gusto granjería
           tan hidalga, que, supuesto
           que tanto mostráis en esto,
           a mayor costa lo haría.
              Cuando en las ardientes fuerzas
           y en los juveniles bríos
           del ya anciano rey Alfonso,
           que guarde Dios largos siglos,
           España gozaba triunfos
           y el moro hallaba castigos,
           siendo su cuchilla asombro
           de pendones berberiscos,
           don Blas, hidalgo tan noble
           cuanto el que más presumido
           en León de ilustre sangre
           cuenta blasones antiguos,
           le fue a servir en las talas
           que al moro extremeño hizo,
           llevando en su compañía
           por soldado a don Domingo,
           que era su sobrino. Y era,
           aunque fue don Blas su tío
           valiente cuanto ninguno,
           su emulación su sobrino.
           Llegaron a saquear
           a [Mérida], donde quiso
           la suerte que le tocase
           de un moro alfaquí tan rico
           la casa a don Blas, que el oro
           que halló en ella satisfizo
           la sed con que despreciaba
           de la guerra los peligros.
           A su vida y su ventura
           llegó el plazo estatüido,
           quedando por heredero
           de sus bienes don Domingo,

mi señor, a quien tenía
obligación por sobrino,
y amor por su educación;
que le [crió desde niño].
Cuatro mil ducados fueron
de renta, de los que hizo
un vínculo en su cabeza,
hacienda que en este siglo
ilustrara a un gran señor,
con estatuto preciso
de que el nombre de Don Blas
tomase por apellido
cualquiera que el mayorazgo
por derecho sucesivo
herede, por evitar
las injurias del olvido
[en] origen de su nombre.
[Ya] de su estado os he dicho;
agora os he de contar
su condición, por serviros.
En la guerra, cuando pobre,
nadie mejor satisfizo
la obligación de su sangre.
Nadie fue con los moriscos
más audaz, ninguno fue
al trabajo más sufrido
o la peligro más valiente;
mas después, que se vio rico,
sólo a la comodidad,
al gusto del apetito,
al descanso y al regalo
se encaminan sus designios,
tanto que "el acomodado"
se suele llamar él mismo.
Y, en orden a ejecutar
este asunto, es tan prolijo
el discurso de las cosas
que por no cansaros digo
que ni basta a referirlas
el más elegante estilo,

ni el ingenio a imaginarlas,
ni a sumarlas el guarismo.
JUAN: Ni es el asunto muy necio,
ni es muy bobo don Domingo
que pienso que, si pudieran,
hicieran todos lo mismo.
Pero las llaves tomad.
Ved la casa; que imagino
que le ha de agradar, si acaso
no le descontenta el sitio.
NUÑO: Antes, por ser retirado,
es conforme a sus designios.

Vase [NUÑO]

JUAN: ¡Ah, vil Fortuna! ¡Con otros
tan liberal y conmigo
tan [avara]! Pues, por Dios
que he de ver si mi artificio
puede vencer tus rigores
pues estoy ya tan perdido
que ni me espantan los [daños]
ni me enfrenan los peligros.
¿Qué tenemos?

Sale BELTRÁN

BELTRÁN: Nada.
JUAN: ¿Cómo?
BELTRÁN: Ni Leonor ha parecido,
ni Inés, ni doña Costanza.
JUAN: No importa; que agora aspiro
a otro intento a que pudiera
ser estorbo habernos visto.
Tú, retírate Beltrán;
que conviene que conmigo
no te vean.
BELTRÁN: ¿Hay tramoya?

JUAN: Y tan buena que imagino
           que estas fiestas me ha de ver
           en la plaza tan lucido
           Leonor, que como hoy favores
           le merezca desatinos.
BELTRÁN: Si no ruedas.
JUAN: No por eso
           el mérito habré perdido.
           Antes importarme puede;
           porque si sólo el peligro
           es medio para obligar,
           más obliga el daño mismo.
           Pero vete ya; que importa.
           A este zaguán me retiro.

Vase [BELTRÁN]. Salen LEONOR e INÉS a la celosía.

LEONOR: ¿Que está don Juan en la calle?
INÉS: Tus ojos te lo dirán.
LEONOR: ¡Qué cuidadoso galán!
           Inés, ¡quién pudiera hablalle.
INÉS: De esta espesa celosía
           puede, con verle, tu amor
           descansar; que mi señor
           está en casa, y no sería
            delito que perdonara,
           pues su condición crüel
           conoces ya, si con él
           hablando acaso te hallara.
LEONOR: De sujección tan penosa,
           ¿cuándo libre me veré?
INÉS: Cuando la mano te dé.
LEONOR: Nunca seré tan dichosa.

Sale NUÑO con las llaves y dáselas a don JUAN.

NUÑO: La casa he visto, y no creo
           que puede hallarla mejor

don Domingo, mi señor.
JUAN: Pues si iguala su deseo,
    el efecto importaría
    abreviar, porque a Zamora
    llegó con su gente agora
    el príncipe don García,
      y perderá la ocasión
    si de ésta gozar desea.
NUÑO: Hasta que con él me vea
    y le haga relación
      de la casa, solamente
    la dilación puede ser,
    y de la que le he de hacer
    no dudo que le contente.
JUAN: ¿Dónde vive?
LEONOR: ¿Si ha comprado
    don Juan esta casa, Inés?
JUAN: La posada sé, y después
    que la noche haya ocultado
      al sol, porque las regiones
    gocen su luz del ocaso,
    le buscaré; y por si acaso
    no dan mis ocupaciones
      lugar, irá un escribano
    de quien mis negocios fío
    y que tiene poder mío
    y correrá por su mano
      el concierto y la escritura,
    y se le podrá entregar
    el dinero.
NUÑO: ¿Ha de llevar
    señas?
JUAN: Persona es segura.
      Pero lo que entre los dos
    hemos tratado será
    lo que por señas dará.
NUÑO: Así queda.
JUAN: Adiós.
NUÑO: Adiós.

INÉS: Bien se ha visto en el concierto
          que es suya.
LEONOR: Sin duda es
          más rico don Juan, Inés,
          que [cuenta] la fama.
INÉS: Es cierto,
            [pues después] que al viento ha dado
          tantas libreas y galas,
          dorando al amor las alas
          con que vuela a tu cuidado,
            posesión de tal valor
          ha comprado, que pudiera
          para que a gusto viviera,
          estimarla un gran señor.
LEONOR: Yo, en efecto, si a don Juan
          doy la mano, soy dichosa.
INÉS: Claro está; que, siendo esposa,
          de hombre tan rico y galán,
            noble y que te quiere bien,
          la ventura de tu empleo
          excederá a tu deseo,
          y más, gozando de quien
            tan enamorada estás.
LEONOR: Ese es el punto mejor;
          porque, si falta el amor,
          sobra todo lo demás.

Vanse. Salen el PRÍNCIPE y RAMIRO
PRÍNCIPE: La Reina, mi madre, ha sido
          quien me ha puesto esta intención,
          y para la ejecución
          su favor me ha prometido;
            que mi padre le ha obligado,
          con su condición esquiva,
          a fabricar vengativa
          esta mudanza de estado.
            Demás de que en mis intentos

tendré el favor popular
de mi parte, por estar
de mi [padre] descontentos
    por tantas imposiciones
como a pagar les obliga.
Y para la oculta liga
previene sus escuadrones
    Nuño Fernández, el Conde
de Castilla, suegro mío.
Y así, pues de vos me fío,
si vuestra fe corresponde,
    como suele, a la afición
y amistad que me debéis,
presto en mis sienes veréis
la corona de León.

RAMIRO: (¡Cielos! ¡Esta tempestad   **Aparte**
de inquietudes y cuidados
a los términos cansados
les faltaba de mi edad!
    Mas, ¿qué he de hacer? Hoy García
[es] sol que empieza a nacer,
y el Rey se ve ya esconder
en el sepulcro del día.
    Poder y resolución
tiene el Príncipe, y si quiero
resistirle, considero
mi muerte en su indignación.
    Del rey don Alfonso estoy
mal satisfecho; y García,
pues que de mí tanto fía
y tan su privado soy,
    pondrá en mi mano el gobierno
del reino y, con su poder
y mi industria, podré hacer
mi casa y mi nombre eterno.
    Pues, ¿qué tiene que dudar
quien aspira a tanto bien?
Aventure mucho quien
mucho pretender ganar.)
    Quien reconoce deberos

lo que yo, siendo obediente
y callando solamente,
señor, ha de responderos.
    Sólo os advierto fïel
que tengo de plata y oro
acumulado un tesoro
si importa serviros de él.
PRÍNCIPE: No es el saberme obligar
en vuestra fineza nuevo.
RAMIRO: Ofreceros lo que os debo
no es obligar, sí es pagar.
PRÍNCIPE: Pues, Ramiro, una memoria
con cuidado habéis de hacer,
de cuantos me puedan ser
para alcanzar la victoria.
    Importante es. No olvidéis
hombre que por principal
o por su mucho caudal
poderoso imaginéis.
    Y a estos tales, porque quiero,
para poder confïarles
mis pensamientos, ganarles
las voluntades primero,
    los convidad de mi parte
para estas fiestas que agora
tengo de hacer en Zamora;
que la estimación es arte
    de obligar, y de este modo,
pues yo entro en ellas, obligo,
igualándolos conmigo,
los nobles y al pueblo todo.
    Las inclinaciones gano
honrando las fiestas yo,
porque siempre deseó
príncipe alegre y humano.
    Y después iré, Ramiro,
declarando a cada cual,
hombre rico y principal
la novedad a que aspiro.
    Mas advertid que de suerte

ha de ser que me asegure
del que resistir procure
o su prisión o su muerte
    antes que pueda el secreto
publicar; y así, escuchad
como la seguridad
encamino de este [efeto].
    A cada cual mandaré
que en un puesto de Zamora
vaya a esperarme a deshora,
y de allí le llevaré
    a vuestra posada, donde
prevendréis para este intento
un retirado aposento;
porque si no corresponde
    a mi gusto, ha de quedar
preso en él, y vos seréis
su alcaide, porque estorbéis
que nadie le pueda hablar
    hasta conseguir mi intento.
RAMIRO: Así se asegura todo;
porque mi casa de modo
es copiosa de aposento,
    que cuantos en la ciudad
nobles son, guardar pudiera
sin que jamás lo entendiera
la mayor curiosidad.
PRÍNCIPE: Esto quede así, y agora
sabed que porque no obligo
a nadie más por amigo
que a vos, Ramiro, en Zamora,
    me ha hecho su intercesor
don Juan Bermúdez, que esposo
quiere ser, por ser dichoso,
de vuestra hija Leonor.
    Ya sabéis que es tan valiente,
tan noble y emparentado,
que nadie para el cuidado
de la novedad presente
    puede importar a los dos

más que don Juan.
RAMIRO: Es verdad,
       pero...
PRÍNCIPE: Don Ramiro, hablad;
       que ninguno más que vos
          es mi amigo, ni hay a quien
       no deba yo preferiros.
RAMIRO: ¿Bastará, señor, deciros
       que a Leonor no le está bien?
PRÍNCIPE: Bastará; mas quedaré
       querelloso, con razón,
       de entender que la ocasión
       no confiáis de mi fe.
RAMIRO: Pues ya con apremio tal
       a decirla me condeno;
       que aunque es de mí tan ajeno
       hablar de ninguno mal,
          cesa aquí la obligación
       de reparar en su ofensa,
       pues va en ello mi defensa
       y vuestra satisfacción.
          Sepa, señor, vuestra Alteza,
       que, de quien es olvidado,
       don Juan ha degenerado
       de suerte de su nobleza
          que por su engañoso trato
       y costumbres es agora
       la fábula de Zamora,
       y atiende tan sin recato
          sólo a hacer trampas y enredos,
       que ya faltan en sus menguas,
       para murmurarle lenguas
       y para apuntarle dedos.
          Pródigamente gastó
       innumerable interés
       suyo en fiestas, y después
       que su hacienda consumió
          fue en la ajena ejecutando.
       Lances de poca importancia,
       pero como la ganancia

o el gusto le fue cebando...
   El error que perdonó
más afrentoso y horrible,
lo dejó por imposible,
que por vergonzoso no.
   Y como le da osadía
la experiencia, que ha mostrado
que por ser tan respetado
por su sangre y valentía,
   ninguno de sus agravios
justicia pide ni espera,
antes, la queja siquiera
aun no se atreve a los labios.
   Tanto la rienda permite
a su malicia, que de él
sólo está seguro aquél
que no tiene qué le quite.
   ¿Éste es, señor, el esposo
que dar queréis a Leonor?
PRÍNCIPE: El probara mi rigor
si no fuera tan dichoso
   que conviniese a mi intento
agora no disgustarlo;
pero, si llego a lograrlo,
dará público escarmiento.
RAMIRO: Eso está bien advertido,
como también lo será
que supuesto que nos da
con proceder tan perdido
   aviso tan declarados
de lo poco que podéis
fïaros de él, no le deis
parte de vuestros cuidados.
   Demás que a la majestad
del Rey, vuestro padre, ha sido
tan afecto y le ha servido
siempre con tanta lealtad
   que es muy cierto, si se fía
de él vuestra Alteza, que es dar
contra sí mismo lugar

dentro del pecho a una espía.
PRÍNCIPE: Mi norte habéis de ser vos.
     Seguiré vuestro consejo.
RAMIRO: Como leal, como viejo
     y amigo os le doy.
PRÍNCIPE: Adiós,
        y empezad luego, Ramiro,
     que importa lograr los días.
RAMIRO: Confiad; que como mías,
     señor, vuestras cosas miro.

PRÍNCIPE: Yo he perdido un gran soldado
     en don Juan. ¿Quién entendiera
     que tan ciegamente hubiera
     su noble sangre infamado
        un hombre de tal valor?
     En abriendo el pecho al vicio,
     el más pequeño resquicio
     da puerta franca al error.

Sale don JUAN

JUAN: (Ya don Ramiro salió **Aparte**
     y ya la ventura mía
     es cierta, pues don García
     por su cuenta la tomó.)
        De mi ventura, señor,
     las gracias os vengo a dar
     pues no la puedo dudar
     siendo vos mi intercesor.
PRÍNCIPE: Aseguraros podría
     mi amor y vuestra lealtad;
     mas la ajena voluntad
     no está, don Juan, en la mía.
        De cuanto he podido hacer
     vuestra amistad me es deudora;

mas Ramiro por agora
no está de ese parecer.
   pero perder no es razón
la confïanza por esto;
que en cosas tales, no presto
se toma resolución.
   Mucho alcanza la porfía.
De vuestra parte obligad
vos, don Juan, su voluntad
que yo lo haré de la mía.

Vase

JUAN: Ya me falta la paciencia.
   ¡Que ni mi sangre y valor,
ni del Príncipe el favor
conquisten sus resistencia!
   Veme pobre, y es avaro.
¡Ah, cielos! ¡Que el interés
oscurezca así a quien es
por su linaje tan claro!
   Pues Leonor ha de ser mía
--¡vive Dios!--a su pesar,
Medio no me ha de quedar
que no intente mi porfía.
   Ciego estoy y estoy perdido,
y ya la resolución
llegó a la imaginación
que mil veces he tenido.

Sale BELTRÁN.

BELTRÁN: ¿A solas estás hablando,
      señor?
JUAN: Sí, Beltrán, que el fuego
      de la rabia en que me anego
      del pecho estoy exhalando.
         Don Ramiro ha resistido

a la intercesión que ha hecho
por mí el Príncipe.
BELTRÁN: Sospecho
que tuya la culpa ha sido;
   que si luego que llegaste
a Zamora la pidieras,
cuando de tantas banderas
victorioso en ella entraste,
   y cuando a tu calidad
igualaba tu riqueza,
sin que hubiese a tu nobleza
hecho la necesidad
   olvidar su obligación,
y dar, en tales abismos
a tus enemigos mismos
lástima y a tu opinión,
   no te negara la Leonor
don Ramiro.
JUAN: ¿Agora das
en predicarme.
BELTRÁN: Estás
engañado. Esto es, señor,
   discurrir; que yo no soy
tan necio, que predicando
culpara tus vicios cuando
de la misma tinta estoy.
JUAN: Que lo erré, Beltrán, es cierto;
mas, por fineza mayor
quise alcanzar por amor
lo que pudo por concierto.
   Mostróse al principio dura
Leonor, y quedar corrido
temí si no era admitido
y así quise mi ventura
   asegurar, y en su pecho
vencer la dificultad
antes que la voluntad
de su padre; ya está hecho.
   Ya no hay remedio. Ya estoy
en tan miserable estado,

que del empeño obligado,
de un abismo en otro doy.
    Ya ni la opinión me enfrena,
pues la tengo tan perdida,
ni puede ofender mi vida
más mi muerte que mi pena.
    Y así no me ha de quedar
pues no queda qué temer,
piedra alguna que mover
y [resuelvo] ejecutar
    un desatinado intento
que hasta agora he reprimido,
puesto que me lo ha ofrecido
mil veces el pensamiento.
BELTRÁN: Dilo si te he de ayudar,
como en lo demás, en él.
JUAN: Si Ramiro tan crüel
me desprecia, es por estar
    él tan rico y verme a mí
tan pobre; porque su avara
condición sólo repara
en el interés. Y así,
    de esto es sólo empobrecerle
el remedio. ¡Vive Dios,
que hemos de trocar los dos
fortuna, y que he de ponerle
    y ponerme en tal estado
que me ruegue con Leonor!
BELTRÁN: ¿Cómo? Que el medio, señor
si es posible, es extremado.
JUAN: Nada el medio dificulta;
que en la opinión no reparo.
Cuanto tesoro el avaro
en cofres de hierro oculta
    robarle una noche quiero.
BELTRÁN: Tal modo de remediar
llaman en Castilla echar
la soga tras el caldero.
JUAN: Yo, Beltrán, he resistido
cuanto pude este deseo;

                mas agora que me veo
                ya tan del todo perdido,
                   he de aliviar mis cuidados
                a costa de más excesos.
BELTRÁN: Mas ¿qué será vernos presos
                por ladrones declarados?
JUAN: ¡Calla! ¿Quién se ha de atrever
                a mi sangre y mi valor?
BELTRÁN: Claro está. Yo soy, señor,
                solo quien ha de correr
                   ciento de rifa, que soy
                lo más delgado.
JUAN: Eso fuera
                si seguro no te diera
                el amparo que te doy.
BELTRÁN: Y si las desdichas mías
                lo ordenasen de tal suerte
                porque hay en efecto muerte,
                que te alcance yo de días,
                   dime, ¿qué será de mí?
JUAN: Tan funesta prevención
                no es digna de la afición
                que de tu pecho creí,
                   pues en mi mal se declara.
BELTRÁN: ¿Mis burlas tomas de veras,
                sabiendo que si murieras
                por seguirte me matara?
                   Ordena cómo ha de ser
                y en las obras daré muestras
                de mi fe.
JUAN: Llaves maestras
                para el efecto has de hacer.
BELTRÁN: Eso es fácil.
JUAN: Ya el lucero
                de la noche empieza a dar
                luz por el sol. Ve a cobrar
                de don Domingo el dinero.
BELTRÁN: Pagarálo de contado;
                que poca maña sería
                que él esté en Zamora un día

sin habérsela pegado.

Vanse. Salen MAURICIO y un SOMBRERERO con un sombrero largo de
noche en la mano

MAURICIO: Don Domingo, mi señor,
    saldrá agora.
SOMBRERERO: Saber quiero
    si le agrada este sombrero
    que ni de hechura mejor
      ni lana más bien obrada
    en Zamora le hallará
    según pienso.
MAURICIO: Él sale ya.

Sale don DOMINGO en cuerpo, sin sombrero y sin golilla

SOMBRERERO: Ved si la horma os agrada
      de este sombrero.
DOMINGO: Primero
    se ponga el suyo.
SOMBRERERO: Sí, haré,
    pues lo mandáis.
DOMINGO: ¿Yo mandé
    hacer coroza o sombrero?
SOMBRERERO: No hubiera desagradado
    a ninguno sino a vos;
    que es pintado. ¡vive Dios!
DOMINGO: Pues no le quiero pintado,
      sino a mi gusto y de lana.
SOMBRERERO: Éste es el uso que agora
    está válido en Zamora.
DOMINGO: Ésa es razón muy liviana.
      Cualquier uso, ¿no empezó
    por uno?
SOMBRERERO: Sí.
DOMINGO: Pues, ¿por qué
    si uno basta, no podré
    comenzarle también yo?

      ¿Que me ponga queréis vos,
debiendo ser el sombrero
para no cansar, ligero,
uno que pese por dos?
      El vestido ha de servir
de ornato y comodidad;
pues si basta la mitad
de este sombrero a cumplir
      con el uno y otro intento,
¿para qué es bueno que ande,
si me lo pongo tan grande,
forcejando con el viento;
      y si en una parte quiero
entrar que es baja, obligarme
a descubrirme o doblarme,
o topar con el sombrero?
      El vestido pienso yo
que ha de imitar nuestra hechura
por si nos desfigura,
es disfraz que ornato no.
      Muy bajo y nada pesado
labrad otro; que no quiero
comprar yo por mi dinero
cosa que me cause enfado.
SOMBRERERO: Creed que acertar querría
   a daros gusto.

Vase.

DOMINGO: Alumbrad.
   ¡Hola! ¿Qué hacéis? ¡Acabad!
MAURICIO: Mira que esa cortesía
   del límite justo pasa.
DOMINGO: ¿Qué me debe a mí, Mauricio,
   el que vive de su oficio
   y va a comer a su casa?
MAURICIO: Sólo en la comodidad
   te juzgaba diferente
   de los demás.

DOMINGO: Solamente
        lo soy en eso, es verdad;
          mas por ella soy cortés.
MAURICIO: ¿En qué lo fundas?
DOMINGO: Advierte,
        honrando yo de esta suerte
        con lo que tan fácil es,
          las voluntades conquisto,
        y mil veces asegura
        de una grave desventura
        a un hombre el estar bienquisto.
          Dime tú, ¿no podrá ser
        que viniendo yo a deshora
        por las calles de Zamora,
        me quiera alguno ofender
          con ventaja, y al rüido
        acaso llegara quien
        por cortés me quiera bien
        y con su espada atrevido,
          de tan fiera tempestad
        me librare?
MAURICIO: Ser podría.
DOMINGO: ¡Mira si la cortesía
        viene a ser comodidad!
          Mauricio, el más necio engaño
        es, pudiendo, [no] ganar
        corazones con gastar
        un sombrero más al año;
          que si obligar voluntades
        la mayor riqueza es,
        riesgos busca el descortés,
        y el cortés seguridades.
MAURICIO: Sentencias son.
DOMINGO: Así muestro
        que no es tema todo en mí.
        ¿Quién es?

Sale un SASTRE

MAURICIO: El sastre está aquí.
DOMINGO: Cúbrase el señor maestro.
SASTRE: Así estoy bien.
DOMINGO: Nunca fue
el replicar cortesía.
¡Cúbrase por vida mía!
SASTRE: Porque lo mandáis lo haré.
DOMINGO: ¿Qué es menester?
SASTRE: La medida
de la capa.
DOMINGO: Llegad, pues.
SASTRE: ¿Queréisla así?

Tómale la medida hasta el tobillo

DOMINGO: ¿Hasta los pies?
¿En qué tengo yo ofendida
  el arte que ejercitáis,
que con medida tan larga,
a que sustente una carga
de paño me condenáis?
  La capa que el m s curioso
y el más grave ha de traer
modesto adorno ha de ser
y no embarazo penoso.
  Puesto a caballo, la silla
apenas ha de besar.
Al suelo no ha de tocar
si pongo en él la rodilla.
  Si la tercio, cuando me es
forzoso sacar la espada,
de este lado derribada
no ha de embarazar los pies;
  y si la quiero tomar
por escudo, de una vuelta
que se dé sola, revuelta
en el brazo ha de quedar.
  Que si es larga, sobre el daño
que en la dilación ofrece,

mientras la cojo, parece
que estoy devanando paño.
SASTRE: Siendo así, ¿no ha de pasar
de la espada?
DOMINGO: Así ha de ser;
vos tendréis menos que hacer
y yo menos de pagar.
      Alumbrad, ¡hola!
SASTRE: Allá fuera
hay luz y excedéis en esto.
DOMINGO: No me vestiréis tan presto
si rodáis por la escalera,
      y así mi negocio hago.

Vase el SASTRE.

DOMINGO: Dime las partes, Mauricio,
de esa casa.
MAURICIO: El edificio
es nuevo.
DOMINGO: Me satisfago
si el riesgo pasó primero
de sus humedades otro,
porque ni domar el potro
ni estrenar la casa quiero.
MAURICIO: Habitado ha sido.
DOMINGO: Pasa
adelante.
MAURICIO: Cuartos tiene
bajo y alto.
DOMINGO: No conviene
para mi gusto esta casa;
que en bajo quiero vivir,
porque, en habiendo escalera,
no me atrevo a salir fuera
por no volverla a subir.
MAURICIO: El remedio es fácil. Vive
en el bajo tú y tu gente
en el alto se aposente.

DOMINGO: ¿Y qué gusto me apercibe
          un almirez al moler
          y un lacayo al patear?
MAURICIO: ¿Pues hay más que condenar
          lo que viniere a caer
          sobre tu vivienda?
DOMINGO: Di;
          ¿Qué es condenarlo?
MAURICIO: Tenello,
          para no servirse de ello,
          cerrado, se llama así.
DOMINGO: Condenado, ¿he de pagarlo?
MAURICIO: Claro está.
DOMINGO: Pues saber quiero,
          ¿en qué pecó mi dinero
          que tengo de condenarlo?

*Sale NUÑO, [con barba negra crecida y antojos y
          escribanías], y BELTRÁN.*

NUÑO: El escribano está aquí
          que viene a hacer la escritura
          si te agrada por ventura
          aquella casa que vi.
DOMINGO: Señor secretario, venga
          en buen hora.
BELTRÁN: Apenas soy
          escribano.
DOMINGO: Yo le doy
          lo que es muy justo que tenga.
          Portugués debe de ser.
BELTRÁN: Pues, ¿por qué?
DOMINGO: De lo prolijo
          de la barba lo colijo.
BELTRÁN: Es luto por mi mujer.
DOMINGO: ¿Viudo está?
BELTRÁN: Desdichas mías
          me dieron tan triste estado;
          que nunca el bien ha durado.

DOMINGO: Quien gozó tales dos días
             que envidia pueden causar,
         hace mal en enlutarse.
BELTRÁN: ¿Cuáles son?
DOMINGO: El de casarse
         uno, y otro el de enviudar.
BELTRÁN: Por eso lo siento así.
DOMINGO: ¿Por qué?
BELTRÁN: Porque se han pasado.
DOMINGO: No es del todo desdichado:
             el del casamiento, sí
               pasó; que el de la viudez
         no verá la noche oscura
         mientras no quiera, pues dura
         hasta casarse otra vez.
BELTRÁN: Vamos al negocio ya,
         que el tiempo en vano se pasa.
DOMINGO: Hazme, Nuño, de la casa
             relación.
NUÑO: El sitio está
             de la ciudad retirado.
DOMINGO: Está bien; que es fastidioso
             el rüido, y no forzoso
         ha de ser, sino buscado.
             Y el que varïar desea,
         la alcanza con eso todo,
         pues que vive de ese modo
         en la ciudad y en la aldea.
NUÑO: Hasta agora no hay labrado
             más de lo bajo.
DOMINGO: Eso es bueno.
NUÑO: Tiene un jardín.
DOMINGO: Lo condeno
             si no está muy retirado;
               que, si está cerca, es forzosa
         la guerra de los mosquitos;
         y los pájaros con gritos
         cuando sale el alba hermosa
             me atormentan los oídos.
         Otros oyen su armonía;

mas yo, por desdicha mía,
sólo escucho los chillidos.
NUÑO: Pues, señor, bastantemente
está del cuarto distante
el jardín.
DOMINGO: Pasa adelante.
NUÑO: Hay una famosa fuente.
DOMINGO: Enfados no habrá mayores,
si está en el patio primero;
que es eterno batidero
de muchachos y aguadores.
NUÑO: Libre está de estos enfados
y, conforme a tus intentos,
muy lejos los aposentos
que han de habitar los crïados.
DOMINGO: Ése es un gentil aliño
de una casa; que, aunque fuera
hijo mío, no sufriera
llorando a la oreja un niño,
cuanto más el de un crïado.
Nuño, tal gusto me ofrece
esa casa, que parece
que yo mismo la he labrado.
Pero dime, ¿hay herrador
cerca de ella? ¿Hay carpintero?
¿Hay campanario? ¿Hay herrero?
¿Hay cochera?
NUÑO: No, señor.
DOMINGO: Haced la escritura. Entrad,
y el dinero os contaré.
BELTRÁN: (Sin contar lo tomaré   **Aparte**
aunque falte la mitad;
que temo que ha de entender,
si me detengo, la flor).
NUÑO: Un advertencia, señor,
de aquel barrio te he de hacer,
que te puede ser molesta,
en que agora he reparado;
que hay muchos perros.
DOMINGO: ¡Qué enfado!

Mas cómprame una ballesta;
  que el fastidio que escucharlos
me pudiera a mí causar,
les pienso yo, Nuño, dar
a sus dueños con matarlos;
  porque según imagino
la comodidad ordena
que no sufra yo la pena
que puedo echar al vecino.

Vanse

FIN DEL ACTO PRIMERO

ACTO SEGUNDO

Salen LEONOR y CONSTANZA

LEONOR: De suerte, Constanza, estoy
que me falta el sufrimiento.
CONSTANZA: En tan justo sentimiento
ningún consuelo te doy.
LEONOR: Pensar que podrá el temor
hacerme sufrir su ausencia
ni que tendrá mi obediencia
jurisdicción en mi amor
   es engaño conocido.
Prima, don Juan me ver
o moriré; que no está
en nuestra mano el olvido.
CONSTANZA: No hay consejo que le cuadre
a quien se abrasa de amor;
pero si es cierto, Leonor,
lo que te ha dicho tu padre
   de don Juan, ¿será razón
que el furor te desenfrene
y te pierdas por quien tiene
tan perdida la opinión?
LEONOR: ¡Ay, prima! No has penetrado
de mi padre los intentos.
Trazas son y fingimientos;
que [fabrica] su cuidado
   los delitos con que afrenta
a don Juan por no [casarme];
que tanto llega a dañarme
su condición avarienta,
   que por no apartar de sí
el dote que de él espero.
¡A su guardado dinero
tiene más amor que a mí!

[Esta, prima, es la ocasión;
que don Juan no puede ser
que deje de proceder
conforme a su obligación.]
CONSTANZA: ¿Qué delito no se espera
de la vil necesidad?
Si he de decirte la verdad
no es ésta la vez primera
    que a don Juan le han imputado
en mi presencia en Zamora
más excesos que tú agora
a tu padre has escuchado.
LEONOR: ¡No puede ser, no, Constanza!
Hablada vienes sin duda
de mi padre, y en su ayuda
solicitas mi mudanza;
    que está don Juan tan sobrado,
aunque por servirme ha sido
pródigamente perdido,
que estas casas ha comprado
    que pared en medio están,
en que don Domingo habita.
¡Mira tú si necesita
de hacienda ajena don Juan!
CONSTANZA: Puede ser, mas yo te digo
lo que de la fama oí,
y de que lo cuenta así
    al tiempo doy por testigo.
LEONOR: Mi suerte le habrá imputado
[falsas culpas; que bastó,]
Constanza, quererle yo
para ser tan desdichado.

Sale INÉS

INÉS: Don Domingo de Don Blas
licencia aguarda, señora.
LEONOR: ¡Eso me faltaba agora!
CONSTANZA: Antes, prima, porque estás

        disgustada, será bien
        divertirte; que mil cosas
        de él me han contado gustosas.
LEONOR: Ha dado en quererme bien
        y aunque tiene calidad
        y es muy rico y nada necio,
        por figura le desprecio;
        porque la comodidad
          con tan cuidado procura
        que en esta vida no tiene
        otra atención, y así viene
        el extremo a ser locura.
CONSTANZA: Por eso mismo, Leonor,
        pues como dices te adora,
        le hemos de probar agora
        y ver si en él al amor
          la comodidad prefiere.
          ¿Qué arriesgas en ello, puesto
        que no volverá tan presto
        tu padre?
INÉS: Y yo, si viniere
          te daré aviso.
LEONOR: Entre, pues;
        que no reparo en si es justo,
        siendo, Constanza, tu gusto.
        Ponte a esa ventana, Inés.

*Salen NUÑO y don DOMINGO, con capa hasta la espada,
sombrero muy
bajo y de muy poca falda, y valona sin golilla.*

DOMINGO: Ya con razón colegía,
        de tardarse la licencia,
        que entrar a vuestra presencia,
        señora, no merecía.
LEONOR: Fue forzoso; si ha tardado
        la respuesta, perdonad.
DOMINGO: No ha sido incomodidad;
        que la aguardaba sentado.

LEONOR: (Mira si de sus extremos   **Aparte.**
        se olvida, prima.)
DOMINGO: Y agora,
        si dais licencia, señora,
        será bien que nos sentemos;
          que yo no apruebo el decir
        que debemos enseñarnos
        a estar en pie y a cansarnos
        para poderlo sufrir
          cuando es fuerza; porque, ¿a qué
        pueden a mí condenarme,
        si es fuerza, más que a cansarme
        entonces y estarme en pie?
          Y pudiendo no llegar
        jamás la fuerza, el enfado
        habré sin fruto pasado
        que me pudiera excusar.
CONSTANZA: No lo funda mal.
DOMINGO: (Leonor,   **Aparte.**
        Nuño, es bizarra y esy bella;
        pero la que está con ella
        no me parece peor.)
NUÑO: (¿Si mudas el pensamiento?) **Aparte.**

        Siéntanse, quedando LEONOR en medio

DOMINGO: Por si habéis imaginado,
        de haberos yo visitado,
        que fue todo atrevimiento
          del amor por quien suspiro,
        sabed que, viniendo agora
        de fuera, supe, señora,
        que fue el señor don Ramiro,
          vuestro noble padre, a verme;
        y yo, con esta ocasión,
        pagando mi obligación,
        de ella he querido valerme
          para entrar donde os ofrezca
        sacrificios mi cuidado;

porque, ya que no pagado,
contento al menos padezca.
CONSTANZA: (Prima, en la comodidad   **Aparte**
le prueba.)
LEONOR: Nunca entendiera
que tan atrevido fuera
ni, con tanta libertad
  siendo la primera vez
que me habléis, se declarara
vuestro amor; que cara a cara
y con tanta desnudez,
  quien dice su voluntad
más que enamora, desprecia.
DOMINGO: No os espantéis; que se precia
de desnuda la Verdad.
  Y como ya mis enojos,
mirándoos, dije algún día,
me pareció que no había
de hablar siempre con los ojos.
  Y al fin, deciros mi amor,
puesto que abrasarme veo,
era mi mayor deseo;
y así tuve por mejor
  que, atrevido a declararlo,
sufráis vos mi atrevimiento,
que padecer yo el tormento
que me daba el desearlo.
LEONOR: Según esto, ¿vuestro antojo
preferís a mi respeto,
y hace en vos mayor efeto
vuestro gusto que mi enojo?
  Basta. Por hoy pasará
el haberos yo escuchado
y haberme vos visitado
con esta ocasión que os da
  la obligación que decís
que a mi padre le pag is;
pero quiero que advirtáis
si en mi afición proseguís
  que tan difícil conquista

en mi esquivez emprendéis
que apenas alcanzaréis
una palabra, una vista,
   sin que para merecellas
más veces el alba os halle
dando quejas en mi calle
que contéis al cielo estrellas.
CONSTANZA: (Aquí es ello!)   **Aparte.**
DOMINGO: No entendéis,
   según colijo, Leonor,
el fin a que [aspira] amor
pues tal condición ponéis.
   Cuando paguéis mi cuidado
tras de tanto trasnochar,
¿qué fruto podéis sacar
de amante tan serenado?
   Si os han de tocar mis daños,
¿no es mejor quererme agora
cuando tengo yo, señora,
más salud y menos años?
LEONOR: No os juzgué tan material.
DOMINGO: Por dicha, ¿será cordura
   que en material hermosura
busque yo gusto mental?
   Pienso que yerra el camino
quien trueca un orden tan llano.
Lo humano quiere a lo humano,
lo divino a lo divino.
   Y al fin, porque mis intentos
entendéis, en vuestro amor
gustos pretendo, Leonor,
que no pretendo tormentos.
   Mirad, pues si es acertado
que negocie mi esperanza
placeres en confïanza
con pesares de contado.
   Cuando miro un pretendiente
que con mucho afán procura
la comodidad futura
despreciando la presente,

le digo, "Necio ambicioso,
contra tus intentos pecas,
pues buscas el bien y truecas
lo cierto por lo dudoso.
    ¿Sabes tú que gozarás
lo porvenir que apercibes?
Acomoda lo que vives
y no lo que vivirás."
    Y así, Leonor bella, advierto,
aunque aspiro a tal favor,
que el bien presente menor
prefiero al mayor incierto.
    Hoy vivo. ¿Esperanza? Es vana
la de [mañana, y no doy]
las certidumbres de [hoy]
por las dudas de mañana.
LEONOR: Quien no quiere padecer
no merecerá jamás.
DOMINGO: Atormentarse no más,
    ¿Es medio de merecer?
    ¿No hay regalos? ¿No hay servicios?
¿No hay fiestas? ¿No hay galanteos?
¿No merecen los deseos?
¿No obligan los beneficios?
    ¿Por fuerza he de trasnochar?
¿Qué me hubiera a mí importado
haber dos veces pagado
esa casa, si el estar
    a la vuestra tan cercana
no ha de excusar que me halle,
como decís, en la calle
tantas veces la mañana?
LEONOR: ¿Dos veces la habéis pagado?
DOMINGO: Un ladrón, un embustero,
un sutil Caco, el dinero
cobró de mí adelantado,
    no siendo suya, de un año;
y otra vez se la pagué,
porque de ella me agradé,
al dueño.

Levántase LEONOR con furia

LEONOR: (Cierto es mi daño   **Aparte.**
    Cierta es de don Juan la afrenta;
    testigo soy de ella yo,
    y con esto confirmó
    cuanto de él la fama cuenta.)
        Idos, con Dios, idos presto,
    don Domingo de Don Blas.
    No quiero escucharos más
    que me habéis muerto.

Vase [LEONOR]

DOMINGO: (¿Qué es esto?   **Aparte.**
    Que me juzga considero
    ya su esposo, bien lo arguyo
    pues que siente como suyo
    el gasto de mi dinero.)
        Decidla que tal cuidado
    no le dé mi desperdicio,
    porque siendo en su servicio,
    daré por bien empleado
        mucho más. Entrad, entrad.
CONSTANZA: Sí, diré; mas sin creer
    que lo haréis, que [os puede] ser
    de alguna incomodidad.
DOMINGO: Engañada estáis, por Dios,
    que el gasto más opulento
    hiciera yo muy contento
    por cualquiera de las dos.
CONSTANZA: ¿Por mí también?
DOMINGO: La beldad
    que en vos miro lo merece.
ONSTANZA: Querer a dos os parece,
    sin duda, comodidad.

DOMINGO: Sábeme, Nuño, quién es
            esta dama.
NUÑO: Tu intención
            conozco en tu condición.
            Saberlo es fácil de Inés.

Vase [NUÑO]

INÉS: Mi señor viene.
DOMINGO: Saldré
            a recibirle. Favor
            fue sin duda que Leonor
            lo sintiese, si no fue
               de condición recatada
            el disgusto que mostró,
            sintiendo que gaste yo
            por no quedar obligada.

Sale RAMIRO

RAMIRO: ¿Vos en mi casa, señor
            don Domingo?
DOMINGO: Haber sabido
            que primero he merecido
            de vos el mismo favor
               fue causa de anticiparme
            a pagar mi obligación
            por saber si es la ocasión
            tener algo que mandarme.
RAMIRO: El príncipe don García
            para las fiestas que agora
            trata de hacer en Zamora
            a convidaros envía.
               Ésta la ocasión ha sido
            de buscaros.
DOMINGO: Tal favor
            del Príncipe mi señor,

¿cuándo yo le he merecido?
  Yo acepto de buena gana
lo que a mí me está tan bien;
mas vos haced que me den
a la sombra la ventana.
RAMIRO: ¿Qué ventana? Estáis errado;
cañas habéis de jugar.
DOMINGO: ¨Eso llam is convidar?
Errado habéis el recado.
  Convidar dice, Ramiro,
fiesta en que tengo de holgarme;
que habiendo yo de cansarme
no es convite sino tiro.
RAMIRO: Pues también a torear
de parte suya os convido.
DOMINGO: ¿En qué le tengo ofendido
que quiere verme rodar?
  Apenas capaz me hallo
de gobernar sólo a mí,
¿e iré a gobernar allí
al toro, a mí y al caballo?
  No hay cosa de que me asombre
con más razón que del uso
que la ley del duelo puso
entre una fiera y un hombre.
  Si a mi posada viniera,
Ramiro, el toro a buscarme,
aun entonces el vengarme
puesto en razón estuviera;
  mas si yendo yo a buscallo,
no estando de él ofendido,
el toro es tan comedido
que hiere sólo al caballo,
  y no a mí, ¿por qué el crüel
[fuero del duelo me obliga
a que arriesgado le siga
y me acuchille con él?]
  Si a un hombre, que tanto vale
como valgo, determino
desafiar, un padrino

que las armas nos iguale
   al campo llevo conmigo.
¿Y he de reñir con la espada
contra fuerza aventajada
siendo un bruto mi enemigo?

   Doy pues que llego a matallo.
¿Es bien que arriesgue la vida
un hombre a vengar la herida
que un toro le dio a un caballo?

   Entre dos hombres jamás
pongo paz por no arriesgarme.
¿Y un caballo ha de obligarme?
¿Vale por ventura más?

   El peligro de la vida
quiero dejar, y dejar
la desdicha de rodar,
la pena de la caída.

   ¿Hay cosa más desairada
que un hombre medio aturdido,
bañado en polvo el vestido
y con la gorra abollada,

   esforzarse y no acertar
con la guarnición, turbado
el color, y rodeado
de mil pícaros, buscar

   el toro, los acicates
arando el suelo, y formando
rayas, quizá procurando
escribir sus disparates?

   Si a estos gustos me convida,
el Príncipe me perdone.
Quien la vida a riesgo pone
donde no le va la vida,

   hace muy gran necedad.
Siempre que a nadar entré,
Ramiro, fue haciendo pie
hacia la profundidad,

   con gran tiento caminando;
y cuando el agua sentí
al pecho, luego volví

    hacia la orilla nadando.
        No he de arriesgar con los toros
    la vida; que no arriesgara
    más si vencer me importara
    un ejército de moros.
RAMIRO: Al Príncipe lo diré
    de esa suerte.
DOMINGO: Más compuesta
    le podéis dar la respuesta.
    Decidme, ¿cuánto podré
        gastar yo para lucir
    estas fiestas?
RAMIRO: Mil ducados.
DOMINGO: Luego os los traerán contados.
    Con ellos quiero servir
        a su alteza, que sospecho
    que está con necesidad;
    y así mi comodidad
    resultará en su provecho
        y en mi disculpa; que entiendo
    que más gusto le he de hacer
    [con] dárselos sin caer
    que con gastarlos cayendo.

Vase [DOMINGO]

RAMIRO: [Injusto] nombre os ha dado
    la fama que loco os llama;
    que mejor puede la fama
    llamaros desengañado.

Vase [RAMIRO]. Salen don JUAN y BELTRÁN

BELTRÁN: De allí salió. Yo le vi.
JUAN: ¿Ramiro le admite ya,
        y la licencia le da
        que jamás yo merecí?
            Él lo codicia, Beltrán,

para esposo de Leonor.
¡Ah, don Ramiro! ¿Es mejor
don Domingo que don Juan?
BELTRÁN: Para serlo basta ser
él más rico; bien lo fundo
puesto que no tiene el mundo
más linaje que "tener."
JUAN: La riqueza importa poco
si de loco la opinión
la deslustra.
BELTRÁN: Socarrón
le llamo yo, que no loco.
JUAN: [Beltrán], yo resuelvo entrar
a hablar a doña Leonor;
si es el que dice su amor,
las obras lo han de mostrar.
  Si es firme su pensamiento,
si por esposo me quiere,
déme la mano, y no espere
que de su padre avariento
  la insaciable condición
a don Domingo la entregue,
y a mi amor con esto niegue
el cabello [la] Ocasión.
BELTRÁN: ¿Pues mudas ya parecer,
señor?
JUAN: ¿Cómo?
BELTRÁN: ¿No decías
que a don Ramiro querías,
robándole, empobrecer,
  para que él mismo te ofrezca
a doña Leonor, así
haciéndote rico a ti
lo mismo que le empobrezca?
JUAN: Sí, Beltrán; mas el postrero
ese remedio ha de ser,
si de otra suerte vencer
la dificultad no espero.
  Y por lo menos agora
me conviene averiguar,

para poderlo estorbar,
si don Domingo la adora,
   y gozar su mano espera
por premio de inesperanza;
por si una vez la alcanza,
tarde el remedio viniera.
BELTRÁN: Él viene allí.
JUAN: Pues yo quiero
agora notificarle
mi amor, Beltrán, por quitarle
estorbos al bien que espero.

Salen don DOMINGO y NUÑO

DOMINGO: ¿En fin, se llama Constanza
la que estaba con Leonor
y es su prima?
NUÑO: Sí, señor.
DOMINGO: Es hermosa.
NUÑO: La mudanza
   colegí de tu cuidado
en mandándome informar.
DOMINGO: Mudanza no has de llamar
a la que es razón de estado.
   Nuño, quien sólo un caballo
tuviere y sólo un amor
será esclavo del temor
de perderlo o de cansallo.
   Querer sin apelación
es forzosa tiranía,
y el amor que desconfía
crece con la emulación.
   Tenga Leonor a sus ojos
quien castigue su rigor
y yo al lado de Leonor
quien mitigue sus enojos.
   No me pareció Constanza
menos que su prima bella.
En Leonor pondré y en ella

igualmente mi esperanza.
          La que me quiera he de amar;
la que no, no he de querer;
que en esto, corresponder
quiero más que conquistar.
NUÑO: Bien harás si te permite
el amor esa elección.
DOMINGO: No permito a la pasi¢n
yo jamás que me la quite.
          Un papel le llevarás
luego a Constanza.
NUÑO: Si amor
tienes a entrambas, señor,
entrambas las perder s.
JUAN: Si muy de prisa no vais,
señor don Domingo, oíd
una palabra.
DOMINGO: Decid;
que lo que vos importáis,
     señor don Juan, lo primero
ha de ser.
JUAN: Nadie en Zamora,
según es público, ignora
que por la belleza muero
     de doña Leonor, la hermosa
hija de Ramiro; y siendo
yo quien soy, con causa entiendo
que es obligación forzosa
     de cualquiera caballero
no oponerse a mi afición.
DOMINGO: Digo que es obligación
y que de mi parte quiero
     cumplirla; que, aunque es verdad
que yo su amor pretendía
porque el vuestro no sabía,
preferir la antigüedad
     es cortesano respeto.
(Nada pierdo, pues Constanza   **Aparte.**
me obligaba a esta mudanza.)
Y así olvidarla os prometo.

¿Queréis más?
JUAN: Fío de vos
    que lo haréis.
DOMINGO: Como quien soy
    de ello la palabra os doy.
JUAN: Dios os guarde.

Vanse don JUAN y BELTRÁN

DOMINGO: Guárdeos Dios.
NUÑO: ¡Qué fácil y qué sin pena
    la dejas!
DOMINGO: No era [cordura]
    reñir por una hermosura
    que tiene achaque de ajena.
       Si en esto culparme quieres,
    es necedad conocida;
    porque no hay más de una vida,
    Nuño, y hay muchas mujeres.

Vanse. Salen don JUAN y BELTRÁN

BELTRÁN: Este estorbo ha ya cesado;
    mas, ¿cómo te entraste así?
    ¿Quieres que te encuentre aquí
    Ramiro?
JUAN: Desesperado
    y sin paciencia me veo;
    o a Leonor he de perder
    o obligarla a resolver
    a dar fin a mi deseo.
BELTRÁN: Esto es hecho; ya Leonor
    está aquí.

Sale LEONOR

LEONOR: Don Juan, ¿qué intento

os ha dado atrevimiento
de entrar en mi casa?
JUAN: Amor,
    tormento, rabia, despecho,
furia, desesperación;
que no sufre la pasión
ya la prisiones del pecho.
    En los peligros son años
los puntos de dilaciones;
[breves determinaciones]
remedian eternos daños.
    Resuelto vengo, Leonor.
Ramiro a mi voluntad
se opone; mas si es verdad
que me queréis, y el amor
    ha conformado a los dos,
mostradlo aquí, que os advierto
que o sin vos volveré muerto
o vivo, Leonor, con vos.
LEONOR: Mientras batallan, don Juan,
    dos contrarias calidades,
las mismas contrariedades
materia a sus fuerzas dan;
    mas, en llegando a vencer
una de ellas, la vencida,
cuanto más pierde la vida,
más fuerza aumenta al poder,
    incentivo a la venganza,
materia a la actividad
de la opuesta calidad
que de ella victoria alcanza.
    Así el amor que os tenía,
mientras a las persuasiones
de tantas murmuraciones
que os infaman resistía,
    en ellas mismas hallaba
ocasión de estar más ciego,
y la resistencia el fuego
de mi pecho acrecentaba;
    mas, al fin, con tal violencia

verdades claras, que son
noche de vuestra opinión,
vencieron mi resistencia;
   que cuanto fue de quereros
más incentivo el amor,
tanto es materia mayor
agora de aborreceros.
   ¿Mi pecho ha de preferir,
mi afición ha de estimar,
mis ojos han de mirar,
mis oídos han de oír,
   a quien deslustra su fama
con una y otra bajeza,
y su natural nobleza
con sus costumbres infama?
   ¿Y a quien ya causarme enojos
tan poco llega a temer,
que no recela poner
sus afrentas a mis ojos,
   pues la más vecina casa,
--porque ni él pueda negar
sus infamias, ni ignorar
pudiese yo lo que pasa--
   no siendo suya, ha arrendado
para que en su afrenta vil,
Caco embustero y sutil,
atrevido el engañado
   le llamase en mi presencia
sin saber que me ofendía?
¿La mano pretende mía
quien da tan franca licencia
   de murmurar su opinión?
Teniendo yo por marido
a quien tanto la ha perdido,
¿mereciera estimación?
   ¿Ni aun de vos? No soy tan necia
que quiera darme a entender
que estimará a su mujer
quien su mismo honor desprecia.
   Idos de aquí, persuadido

a que ya de vuestro amor
sólo me queda el dolor
de haberos favorecido.

Vase [LEONOR]

JUAN: ¡Espera! ¡Escucha, señora!
BELTRÁN: Es por demás.
JUAN: ¡Ay de mí!
    ¿Posible es que tal oí?
BELTRÁN: ¡Estamos buenos agora!
JUAN: ¿Esto, rigurosos cielos,
    en mis desdichas faltaba?
    ¿Mi pena no me bastaba?
    ¿No me sobraban mis celos?
        De los mismos desvaríos
    que en lisonja de tu amor
    cometí, ingrata Leonor,
    ¿haces desméritos míos?
BELTRÁN: ¡Siempre, vive Dios, temí
    este fin!
JUAN: Pues, ¿quién pensara
    que ya que Leonor culpara
    los yerros que cometí,
        no hubiera, al menos en cuenta
    del descargo recibido,
    ver que yo no haya temido,
    por servirla más, mi afrenta?
BELTRÁN: [Bien lo pudiera entender
    quien la fabulilla vieja
    supiera de la corneja;
    que ha mucho ya que por ser
        tan común nadie contó,
    y de puro no contada
    es de muchos ignorada,
    y así he de contarla yo
        porque el caso se acomoda
    y tú, para disculpar
    a Leonor, la has de escuchar.
    Asistir quiso a la boda
        del águila, mas se halló

la corneja tan sin galas
que adornó el cuerpo y las alas
de varias plumas que hurtó
   a otras aves, de manera
que apenas llegó a las bodas
cuando conocieron todas
sus plumas, y la primera
   el águila la embistió
a cobrarlas con tal furia
que para la misma injuria
ejemplo a las otras dio.
   --¡Detente! ¿Qué rabia es ésta?
--dijo la corneja-- Advierte
que sólo por complacerte
y por venir a tu fiesta
   más brillante las hurté.
Y el águila respondió,
--Necia, ¿por ventura yo
pudiera culpar tu fe,
   siendo tu fortuna escasa,
cuando galas no trujeras,
o con las tuyas vinieras,
o estuviéraste en tu casa?
   Y al fin, como tú saliste
castigado del desdén
de Leonor, salió también
corrida, desnuda y triste.
   ¡Y pluguiera a Dios que dieran
siempre con igual rigor
esta pena al mismo error!
Que yo sé bien que advirtieran,
   menos falsos, más de cuatro,
que, con ajeno vestido,
el aplauso han merecido
del púlpito y del teatro.]
JUAN: Lo hecho, [Beltrán] ya está hecho;
lo que resta es remediar
lo porvenir y dejar
este agravio satisfecho
   de don Domingo que habló

tan libremente de mí
a doña Leonor.
BELTRÁN: Si a ti
Caco sutil te llamó,
   ¿qué nombre dará a Beltrán
que echó la llave al enredo?
JUAN: Muy presto sabrá, si puedo,
cómo ha de hablar de don Juan.

*Vanse y salen don **DOMINGO**, quitándose capa y espada y*
NUÑO *y* **MAURICIO**, *de noche*

MAURICIO: Señor, si quieres cenar
es hora ya.
DOMINGO: Majadero,
hora es cuando yo quiero.
El tiempo ha de señalar
  el reloj, que no dar leyes;
que en esta puntualidad
contra la comodidad
tengo lástima a los reyes.
  El manjar me sabe más
cuando yo lo he menester,
y no tengo de comer
porque comen los demás.
  El uso común dispuso
hora en esto señalada,
voluntaria, no forzada.
No ha de obligarnos el uso.
  Bastará que nos lo acuerde;
que quien antes de tener
hambre se pone a comer,
no sabe lo que se pierde.
  Dime, dime, ¿recibió
el billete?
NUÑO: Recibióle,
y no sin gusto.
DOMINGO: ¿Y leyóle,
Nuño amigo?

NUÑO: Y le leyó.
DOMINGO: ¿Y qué respondió Constanza?
NUÑO: La respuesta fue muy corta.
DOMINGO: ¿Y qué fue?
NUÑO: Callar.
DOMINGO: No importa;
          vida tiene mi esperanza.
          Nuño, no camina mal
     a su puerto mi deseo,
     si aquel epigrama creo
     que hizo de Nevia Marcial.
          "Escribí, no respondió
     Nevia; luego dura está.
     Mas pienso que me querrá
     pues lo que escribí leyó."
          Haz que me den de cenar,
     Mauricio, agora; que agora
     que tengo yo gana, es hora.

Vase MAURICIO

NUÑO: ¡Qué poco tardó en llegar!
DOMINGO: Lo que faltaba tardó,
          que es gana, y su nombre infiere
          que viene cuando ella quiere
          y no cuando quiero yo.

Sale MAURICIO

MAURICIO: Un mancebo, al parecer
          ilustre, que te ha buscado
          esta tarde con cuidado,
          dice que te quiere ver.
DOMINGO: ¿Qué me querrá?
MAURICIO: Yo sospecho
          que un papel te viene a dar.
DOMINGO: ¿Papel antes de cenar?
          ¡Oh, qué disgusto me has hecho!

Carta o billete jamás
me des en tal ocasión;
que me quita la sazón
el cuidado que me das.
   Entre; que ya lo has errado
con darme las nuevas de él
y no me dará el papel
más disgusto que el cuidado.

Sale un GENTILHOMBRE con un papel. Dalo a don DOMINGO.
Él
toma una luz y lee aparte

GENTILHOMBRE: Éste en secreto mirad;
   que a su dueño he de llevalle
   la respuesta.

Lee

DOMINGO: "En vuestra calle
   esta noche me aguardad
      luego que su sombra fría
   ocupe de nuestro polo
   el término, y venid solo.
   El príncipe don García."
      (¡El Príncipe! Letra es ésta **Aparte.**
   de su mano. Que aguardar
   no tenéis, donde es callar
   y obedecer la respuesta.)
      ¡Hachas, hola!
GENTILHOMBRE: ¿Adónde vais?
DOMINGO: A acompañaros iré
   como debo.
GENTILHOMBRE: No saldré
   yo de aquí si no os quedáis.
DOMINGO: Servir es obedecer,
   y no obliga a quien porfía.

Vase el GENTILHOMBRE

El príncipe don García
mi persona ha menester.
  Sacadme presto una espada,
una cota y un broquel.
(Si he de ir acaso con él   **Aparte.**
a alguna ocasi¢n pesada
  es cordura ir prevenido.)
NUÑO: ¿No quieres cenar, señor?
DOMINGO: En tocando al pundonor,
  Nuño, de todo me olvido.
   Siempre vivo a lo que estoy,
según mi sangre, obligado;
que por ser acomodado
no dejo de ser quien soy.
NUÑO: Es la cota muy pesada;
  no la sufrirás, señor.
DOMINGO: En tocando al pundonor,
  Nuño, no me pesa nada.

Saca MAURICIO las armas

NUÑO: ¿Es acaso desafío?
DOMINGO: Nada me has de preguntar.
MAURICIO: ¿Hémoste de acompañar?
DOMINGO: Solo he de ir.
NUÑO: De ti confío
  que de todo bien saldrás.
DOMINGO: En tocando al pundonor,
  Nuño, revive el valor
y muere en mí lo demás.

Vanse. Salen BELTRÁN, con un billete,
y don JUAN, de noche.

JUAN: Entra, Beltrán, y el billete

le entrega en su propia mano.
BELTRÁN: Pienso que es intento vano,
     porque su opinión promete
        que a estas horas acostado
     estará ya; que la fama
     como sabes, no le llama
     sin causa "el acomodado."
        Y si esta misma razón
     considero, desconfío
     de que acepte el desafío;
     porque de su condición,
        señor, presumir es justo
     que por respuesta ha de dar
     que no suele trasnochar
     para cosas de más gusto.
        Y si acaso es tan cobarde
     como lo colijo de él,
     sólo servirá el papel
     de avisarle que se guarde.
JUAN: Dices bien.
BELTRÁN: Señor, espera,
     que una luz llega al zaguán.
JUAN: Él sale fuera, Beltrán.
BELTRÁN: ¡Y solo! ¿Quién tal creyera?
        La llave a la puerta ha echado
     por de fuera.
JUAN: Quiero hablalle.
BELTRÁN: Su cuidado está en su calle,
     pues en ella se ha parado.

Sale don DOMINGO, de noche

JUAN: Ya tengo más ocasión
     que a la venganza me obligue;
     que esto muestra que prosigue
     la comenzada afición
        de Leonor.
BELTRÁN: Infieres bien.
DOMINGO: (Gente viene. ¿Si será   **Aparte.**

Éste el Príncipe?) ¨Quién va?
JUAN: Señor don Domingo, quien
          os buscaba con cuidado.
DOMINGO: ¿Es don Juan?
JUAN: Sí.
DOMINGO: Ya me habéis
          hallado. ¿Qué me queréis?
JUAN: No es lugar acomodado
          éste para lo que os quiero.
          Solos al campo los dos
          salgamos; que allí con vos
          tengo un negocio.
DOMINGO: Yo espero
          una precisa ocasión
          en este mismo lugar,
          a que no puedo faltar.
          Decidme aquí la razón
           que tenéis de sentimiento
          que os obligue a desafío;
          que si, como yo confío,
          es injusto el fundamento,
           con desengañaros, quiero
          no faltar yo a la ocasión
          que espero, y la obligación
          que de sacar el acero
           nos pondrá el haber salido
          al campo excusar, supuesto
          que si os engañáis en esto,
          no me doy por ofendido.
JUAN: Porque sé que la ocasión
          de mi agravio es verdadera,
          la diré; que si pudiera
          esperar satisfacción
           la callara hasta salir
          al campo; que el aguardar
          satisfacción es mostrar
          poca gana de reñir.
           Vos, cuando a Leonor hablasteis
          porque arrendado os había
          esta casa sin ser mía,

"Caco sutil" me llamasteis.
DOMINGO: Nunca la verdad negué.
JUAN: Ésta es la ofensa que quiero
que sustente vuestro acero.
DOMINGO: Luego, ¿porque os igualé
al sutil [Caco], ofendido,
don Juan, me desafiáis?
JUAN: Siendo quien sois, ¿no juzgáis
cuán grande ese agravio ha sido?
DOMINGO: Pues, el pensamiento mío
según eso me engañaba.
JUAN: ¨Cómo?
DOMINGO: Porque yo esperaba
de Caco este desafío.
JUAN: ¡Que os atreváis de ese modo
a agraviarme!
DOMINGO: Si a reñir
al campo hemos de salir,
reñiremos sobre todo.
JUAN: Vamos, pues; que no permite
mi enojo más dilación.
DOMINGO: Ni a mí cierta obligación
que de este puesto me quite,
como he dicho, por agora.
Y así, porque yo no sé
cuánto en él me detendré,
señalad el puesto y hora
para mañana, y veréis
que salgo, como quien soy,
a buscaros. De ello os doy
la palabra.
JUAN: No saldréis
que el ser tan acomodado
arguye poco valor.
DOMINGO: En tocando al pundonor,
estás, don Juan, engañado.
Conmigo el valor nació,
las fuerzas he de adquirir;
que ellas han de conseguir
lo que el valor emprendió.

Y cuanto más me acomodo
cuando inquietudes no tengo,
tantas más fuerzas prevengo
a mi valor para todo.
    Y sólo advertiros quiero
que podéis echar de ver
cuánto me va en no perder
lo que en esta calle espero,
    pues dilato la venganza
del agravio que me hacéis
en mostrar que no tenéis
de mi valor confianza.

JUAN: Ya según exageráis
que os importa no salir
de esta calle, a colegir
vengo que me quebrantáis
    la palabra; porque aquí,
¿qué puede, sino el amor,
deteneros, de Leonor?

DOMINGO: Nunca a lo que prometí
    falté, y reservo también
ese agravio al desafío.

JUAN: No tiene paciencia el mío.
    Aguardar no me est bien
    ocasiones dilatadas
cuando me importa vengarme.

DOMINGO: Pues si no podéis sacarme
de la calle a cuchilladas,
    es vana vuestra porfía.

BELTRÁN: ¿Qué esperamos?

JUAN: El acero
no saques tú; que no quiero
reñir con superchería.

Acuchíllanse

DOMINGO: No importa; hábil como a dos,
basto solo cuando llego
a sacar la espada.

BELTRÁN: (¡Fuego,   **Aparte.**
          rayo, furia es! Vive Dios!
             En Cantalapiedra ha dado
          don Juan. Pero, ¿quién pensara
          que a todo se acomodara
          tan bien el acomodado?
JUAN: ¡No vi tan valiente acero
          jamás!
DOMINGO: Don Juan, gente viene
          y advertid que no os conviene,
          si es acaso quien espero,
             que os halle en esta ocasión
          que ya lograr no podéis,
          y no es bien que me estorbéis
          que cumpla mi obligación
             sin fruto; y, pues os mostré
          con tanto valor agora
          que mañana el puesto y hora
          que me señaláis iré,
             señaladle, y cese aquí
          la cuestión; que me daréis
          a entender, si no lo hacéis,
          que medroso ya de mí,
             queréis que esta gente sea
          medianera entre los dos.
JUAN: Bien decís, y así con vos
          se ver , como desea,
             mi pecho. A esta misma hora
          mañana, esperadme aquí,
          porque evitemos así
          sospechas, y de Zamora
             solos y juntos los dos,
          a la estacada saldremos
          que entonces señalaremos.
DOMINGO: Yo os aguardo.
JUAN: Adiós.
DOMINGO: Adiós.

Vase [DOMINGO]

BELTRÁN: Valor tiene.
JUAN: Vivo o muerto
    he de salir de cuidado.
BELTRÁN: Huélgome que hayas sacado
    mi blanca de este concierto.

Vanse

FIN DEL ACTO SEGUNDO

ACTO TERCERO

Salen don JUAN y BELTRÁN, de noche y con linternas

BELTRÁN: Si así te vas quitando inconvenientes,
             por hambre vencerás a don Ramiro.
JUAN: A ejecutar la inclinación aspiro
             de que he tenido impulsos tan valientes,
             que, cuando otros motivos no tuviera,
             es cierto que lo hiciera
             sólo por ver cumplido este deseo
             de que sin rienda fatigarme veo.
BELTRÁN: En errar o acertar esta jornada
             te va a ser César esta noche o nada.
JUAN: Siempre ayuda al osado la Fortuna.
BELTRÁN: Y en esto pienso yo, sin duda alguna,
             que los mismos doblones
             que entramos a robar, con avisarnos
             a voces donde están, han de ayudarnos
             por salir de tan lóbregas prisiones;
             pues, según don Ramiro los encierra,
             no sirve de moneda agora el oro
             más que cuando ocupó, inútil tesoro,
             el centro oscuro en su nativa tierra.
JUAN: Comencemos la empresa; que Morfeo
             sepulta en las corrientes del Leteo
             los humanos sentidos.
BELTRÁN: Envidia tengo a los que están dormidos;
             que de sueño me tienen alcanzado
             las noches que nos hemos desvelado
             buscando a don Domingo inútilmente.
JUAN: El cobarde temió.
BELTRÁN: ¡Que tan valiente
             riñendo aquella noche se mostrase,
             y que después trocase
             tanto en temor el brío,
             que no sólo faltase al desafío,

        pero se haya ocultado
        de suerte que la industria y el cuidado
        y el desvelo haya sido
        en buscarle perdido!
JUAN: ¿Qué más venganza quiero? ¿Pude darle,
        Beltrán, mayor castigo que obligarle
        a vivir escondido y temeroso?
BELTRÁN: Él, pienso yo, que ha sido el victorioso,
        pues estará, conforme a su costumbre,
        dondequiera que esté, sin pesadumbre,
        puesto en acomodarse su cuidado
        mientras los dos nos hemos desvelado.

*Don JUAN alumbra y BELTRÁN va sacando
llaves y abriendo*

JUAN: Vengan las llaves.
BELTRÁN: Pruebo la primera
        en el postigo; si estampada en cera
        la original se hubiera fabricado
        nos sacara más presto de cuidado.
JUAN: Lo mismo es ser maestra.
BELTRÁN: El efecto lo muestra
        pues no le han resistido
        las guardas y la puerta se ha rendido.
JUAN: Entremos pues pisando lentamente,
        porque somos perdidos si la gente
        de Ramiro despierta.
BELTRÁN: Paso para su cuarto es esta puerta.
JUAN: Ábrela pues, Beltrán; que es avariento
        y en los que est n detr s de su aposento,
        por guardarlo mejor, tendrá en tesoro.

Abre

BELTRÁN: Las llaves pienso que habilita el oro.
JUAN: Pasemos adelante
        porque en el aposento más distante

del de Ramiro hemos de entrar primero;
que hay menos riesgo y tiene por ventura
la distancia mayor por más segura.
BELTRÁN: Éste en el corredor es el postrero.
Alumbra. Ésta no cabe.
La cerraja es pequeña. Menor llave
es menester. Entró como en su casa.
JUAN: Entra muy quedo.
BELTRÁN: Aquí no hay nada.
JUAN: Pasa
al otro más adentro.
BELTRÁN: Mas, ¿qué fuera
que Ramiro tuviera
debajo de su cama su dinero?
JUAN: No está seguro allí. Robarlo espero.
BELTRÁN: ¿Y si despierta y defenderlo intenta?
JUAN: Será su vida precio de mi afrenta.

*Sale don DOMINGO en jubón, sin espada. Sacan las espadas don
JUAN y BELTRÁN*

DOMINGO: ¿Quién es?
JUAN: Sentidos somos.
DOMINGO: Don Ramiro,
¿a matarme venís?
JUAN: ¿Qué es lo que miro?
¿No es don Domingo?
BELTRÁN: ¡Él es, por Dios!
JUAN: Cobarde!
¿Así a Leonor pusisteis en olvido?
¿Así vuestra palabra habéis cumplido
que, porque nada pueda disculparos
en el mismo delito vengo a hallaros?
DOMINGO: Escuchadme, don Juan.
JUAN: ¿Desafiado
no salisteis al campo, y por sagrado
la misma casa donde
aumentáis mis ofensas os esconde?
¿Ésta era la ocasión que os [impedía]

salir al campo a fenecer la mía?
¡Para romper la fe que prometisteis,
para más agraviarme me pedisteis
treguas y dilaciones!
Juzgad vos vuestra culpa, y las razones
que tengo de mataros y vengarme.
DOMINGO: ¡Tened! Nada arriesgáis en escucharme,
pues sin armas me veis con que os lo impida.
No es, don Juan, en defensa de mi vida
lo que deciros quiero.
Más importa que yo. Pues caballero
sois, no os importa menos. Esto os pido,
y tened el acero prevenido
porque interrumpa con rigor violento
su primer movimiento,
para vengar, don Juan, vuestros agravios,
los últimos acentos de mis labios.
JUAN: Tan encendida furia
me provoca a vengar de vuestra injuria,
que tengo de escucharos
sólo por dilataros
la pena de esta suerte;
que del castigo es término la muerte,
y la venganza, es cierto
que la siente el morir, no el haber muerto.
DOMINGO: Ved pues, don Juan, primero
este papel, que quiero

Dale un papel. Don JUAN lo lee

que me sirva de carta de creencia,
porque no pongáis duda en la evidencia
de lo que he de contar.
JUAN: Yo lo he leído,
y la firma conozco de su Alteza.
DOMINGO: La noche, pues, que vos de mí ofendido,
para satisfacer la injuria vuestra
del campo libre a la marcial palestra
provocasteis mi acero, en cumplimiento

de este que ves preciso mandamiento,
al Príncipe aguardaba
en aquel puesto y hora.
Mirad, don Juan, agora
si con razón juzgaba,
siendo la suya ley tan poderosa,
más que la vuestra ocasión forzosa.
Llegó su Alteza, pues, de cuyo intento
no sólo no tenía
el indicio menor, mas no podría,
aunque muchos tuviera,
pensar jamás que tan extraño fuera.
"Venid," me dijo el Príncipe, "conmigo."
Yo obedezco, y le sigo
y en llegando a la puerta
de Ramiro paró y en un momento,
siendo una seña suya el mandamiento,
la vi, don Juan, abierta.
Entramos y Ramiro, su privado,
con paso recatado
y silencio confuso,
en este sitio en que me halláis nos puso.
Solos aquí los tres, rompió su Alteza
a los labios el sello,
y dijo... No podréis, don Juan, creello,
pues yo, aunque reconozco su fiereza,
cuando intentos oí tan atrevidos
pensé que se engañaban mis oídos
y agora al referiros esta historia
crédito apenas doy a la memoria.
"Ya sabéis," dijo, "que mi padre Alfonso,
de este nombre el tercero,
Rey de León, el ya cansado acero
al ocio rinde y en la vaina olvida,
como quien ve el ocaso de su vida,
cuando contra las huestes sarracenas
el juvenil orgullo basta apenas.
También sabéis que su caduca mano
del reino intenta gobernar en vano
el timón, que de fuerza necesita

que con Neptuno y Aquilón compita;
y así yo, porque espero
sucederle en el reino, y considero
que es mejor prevenir inconvenientes
que daños remediar ya sucedidos,
resuelvo trasladar de la persona
de mi padre a mi frente la corona
sin aguardar su muerte. Prevenidos
tiene ya en mi [favor] sus escuadrones
Castilla; facilitan prevenciones
de la Reina mi madre mis intentos;
y mis vasallos todos, mal contentos
de Alfonso, me aseguran;
y cuantos ricos, nobles, poderosos
esta ciudad conoce, deseosos
del bien común, conmigo se conjuran;
y éste fue de llamaros el intento,
para que, haciendo el mismo juramento
que los demás, conmigo
quedéis por alïado y por amigo."
Nunca, don Juan, pensara
que la lealtad dormida
en ocios de la vida
con tan ardiente furia despertara
a una voz halagüeña,
que el daño esconde cuando el premio enseña.
¿Veis cómo en sus entrañas
el alquitrán oculta disimulan,
cuando en las cumbres que al Olimpo emulan
ostentan blanca nieve, las montañas
que dan tumba a la vida y al deseo
del soberbio sacrílego Tifeo;
y si es entonces de centella breve
concitado el azufre, espesa nube
de fuego y humo a las estrellas sube
y es ceniza después cuanto fue nieve,
dando el asombro tantos escarmientos
cuanto el estruendo espantos a los vientos?
Pues el incendio veis, y veis la furia
con que mi pecho reventó a la injuria

de la lealtad que guarda mi nobleza
a mi Rey natural; que, aunque es su Alteza
primogénito suyo y la corona
espera de León, mientras no herede
con legítimo título, no puede
presumir que no toca a su persona
tan bien como a la mía
la obligación de súbdito y vasallo.
Antes, si la piedad ha de juzgallo,
es más culpable en él la alevosía;
que, conspirando otro vasallo, sola
la fe quebranta que a su rey le debe,
y él a su padre y a su rey se atreve.
Y si en la edad anciana
de Alfonso funda la razón tirana
de anticipar la sucesión, en eso
fundo yo más la culpa de su exceso;
porque si tan vecina
la muerte de su padre considera,
¿por qué no espera lo que presto espera?
¿Por qué la ley humana y la divina
quiero violar, anticipando el [plazo]
que ya limita de la Parca el brazo?
Al fin, don Juan, yo respondí, yo hice
lo que podéis pensar del que esto os dice,
en que ni la amenaza de la muerte
me halló menos leal o menos fuerte.
O ya fuese piedad, o ya cautela
permitirme la vida
su Alteza, que recela
que mi lealtad le impida,
con publicarlo, su atrevido intento,
me entregó a la prisión de este aposento
que Ramiro visita
solo, y el alimento cotidiano
él me ministra con su propia mano.
Éstos mis casos son, ésta mi historia;
y pues el cielo permitió que os vea,
el medio y la ocasión cual fuere sea,
volved, don Juan, volved a la memoria

los timbre heredados
de vuestros altos ínclitos pasados.
Despierte en el leal heroico pecho
el valor, a despecho
de los divertimientos que dormido
con engañoso halago lo han tenido.
[Proponga ejemplo, emulación pretenda
al valor vuestro el mío;
pues en regalos sepultado y frío,
no hay riesgo, no hay trabajo que no emprenda.
No hay muerte que me espante
cuando fui cera ya siendo diamante
en advirtiendo que manchar intenta
el cristal puro de mi honor la afrenta
de la sangre leal. El fuego ardiente
que al nacer informó, don Juan valiente,
no apaga jamás; sólo se oculta
cuando el vicio en cenizas se sepulta;
y en vos, si oculto yace, yace vivo
entre los yerros el valor nativo.
Produzca, pues, incendios cuando el viento
de la traición, con animoso aliento,
de vuestra sangre incita la centella,
pensando hallar en ella
de fuego que vivió muerta ceniza.
No la naturaleza
en quien principio halló vuestra nobleza,
se rinda a la costumbre advenediza;
mostrad, librando al Rey, que los errores
que han desmentido en vos vuestros mayores,
no de la inclinación fueron defectos,
sino del ocio vil propios efectos,
y que, de la ocasión solicitado
sois el mismo que fuisteis.
Gozad esta ocasión, pues os la ha dado
tan oportuna el cielo,
de cobrar la opinión, pues la perdisteis.
Ponga un lustroso velo,
don Juan, a los borrones que os afean
esta hazaña leal, para que vean

los émulos en ella restauradas]
las glorias adquiridas y heredadas.
JUAN: Basta. Callad. Si no queréis que el pecho,
que ya a tantos fervores viene estrecho,
reviente en vivas voces,
cuando requieren casos tan atroces
antes, para el castigo que yo ordeno,
del rayo el golpe que la voz del trueno.
Dadme esos brazos, pero no los brazos,
que no merezco tan heroicos lazos.
Esas plantas me dad porque mi boca
imprima en ellas agradecimientos
de los nobles y altivos pensamientos
a que vuestra elocuencia me provoca.
¡Ah, ilustre caballero!
¡Oh, en el honor y la lealtad primero!
¿Qué espíritu divino,
qué aliento celestial a vuestros labios
consejos dicta en mi favor tan sabios
que no sólo a mi ciego desatino
dan arrepentimiento
pero sin el castigo el escarmiento?
Por vos gané lo que por mí he perdido.
Seré muriendo el que naciendo he sido.
En la misma nobleza que he heredado
otra vez vuestra lengua me ha engendrado.
Y pues con esto no igualarse pruebo
lo que de vos me quejo a lo que os debo,
ya olvido los agravios
que con razón me hicieron vuestros labios;
que, si yo fabriqué mi propia mengua,
yo, que la causa os di, os moví la lengua.
Amigo os llamo ya; que fuera necio
si en tal ganancia recatara el precio.
Y juro, por lograr vuestra fineza,
que he de trazar al punto prevenciones
[que impidan los intentos de su Alteza
de que me da evidentes presunciones],
fuera del justo crédito que os debo,
gran copia de soldados castellanos

que ocupan ya los muros zamoranos.
DOMINGO: Partid, don Juan; que yo, porque a su Alteza
no demos ocasiones,
faltando yo de aquí, de recelarse,
prevenirse y guardarse,
preso me he de quedar; que esfuerzo tengo
con que a mayores males me prevengo
por salir con la empresa. Mas decidme,
¿cómo entrasteis aquí?
JUAN: Pasos errados
a fines me trujeron acertados.
No os puedo decir más, y adiós, amigo;
que yo a libraros o a morir me obligo.
DOMINGO: Librad al Rey, como de vos se espera,
don Juan; que poco importa que yo muera.

Vase [DOMINGO]

JUAN: Ve cerrando las puertas,
porque hallarlas abiertas
a don Ramiro no le dé recelos.
BELTRÁN: ¿Y el hurto queda en cierne?
JUAN: Ya los cielos
mi inclinación mudaron,
que al fuego de lealtad me acrisolaron;
de que vengo a entender que, porque hubiese
quien de Alfonso los daños impidiese
permitieron mi error porque se vea
que mal no sufren que por bien no sea.
Si tú vas convertido, yo admirado
de ver tan valeroso acomodado.

*Vanse. Salen el PRÍNCIPE, don RAMIRO, NUÑO y
MAURICIO*

PRÍNCIPE: ¿Fueron, Ramiro, a llamarle?
RAMIRO: No puede [tardar], señor.
PRÍNCIPE: Quiero con este color

prenderle sin enojarle;
   que habiendo tanta razón,
pues con uno y otro indicio
se comprueba el maleficio,
para ponerlo en prisión.
   No podrá don Juan culparme
y con esto de su acero,
por ser tan valiente, quiero
en mi intento asegurarme.
   Porque llegado al efecto
tanto por no haberle dado
[noticia de mi cuidado]
como por ser tan afecto
   a mi padre, él solamente
a estorbarlo bastará.
RAMIRO: Es verdad, y así ser ,
   señor, prevención prudente
   que, al resolver su prisión,
de sentimiento le deis
indicios, y le mostréis
piedad en la ejecución.
PRÍNCIPE: Él viene ya.

Sale don JUAN

JUAN: Gran señor,
   ¿qué me manda vuestra alteza?
PRÍNCIPE: Lo que por vuestra nobleza
está sintiendo mi amor.
   Mas es fuerza que limite
la justicia a la piedad.
Don Juan, a Nuño escuchad.
Tú, lo que has dicho repite.
NUÑO: Una tarde, habrá seis días,
don Domingo, mi señor,
de visitar en su casa
a don Ramiro salió;
y aquella misma, don Juan,
que celoso por Leonor

según lo mostró el efecto
de esta visita, quedó,
después de haber declarado
a don Domingo su amor,
le pidió de no estorbarle
la palabra, y él la dio.
Despidiéronse, y la noche
siguiente, cuando el reloj
una menos de las horas
que la dividen contó,
un gentilhombre la vez
tercera, porque otras dos
aquella tarde le había
buscado ya, le llevó
un papel de desafío
sin duda, de que el color
todo mudado, y las armas
que para salir pidió,
el recato y el secreto
y decirme que al honor
le importaba salir solo,
dieron clara información.
Partióse al fin, y el cuidado
que nos causaba el amor
que a nuestro dueño leales
tenemos Mauricio y yo,
no tuvo en una ventana
hechos Argos a los dos,
por seguirle con los ojos,
ya que con las plantas no.
Vimos que, habiendo salido,
y debajo de un balcón
de don Ramiro parado
don Domingo, se llegó
uno de dos que en la calle
le aguardaban, que, en la voz
y en las razones que oír
el silencio permitió
de la noche, era don Juan;
y habiendo hablado los dos

un rato, el desnudo acero
fin a la plática dio;
y acuchillándose entrambos
con destreza y con valor,
dieron a la calle vuelta;
y con esto los perdió
de vista nuestro cuidado,
sin que de esta confusión
nos pudiésemos librar
con salir en su favor;
porque él, al salir de casa,
por de fuera la cerró,
recelando que a seguirle
nos obligara su amor.
Nunca después de este caso
le vimos, ni de él halló
vivo o muerto un breve indicio
la diligencia mayor.
Y así, pues tantos convencen
a don Juan de que él le dio
la muerte, y de que el cadáver
oculta con intención
de ocultar el homicidio,
os suplicamos, señor,
que le obliguéis a sacarnos
de tan triste confusión.

PRÍNCIPE: Con lo que habéis escuchado
sólo os puedo decir yo
que os pongáis en mi lugar
y juzguéis vos mismo a vos.
Con indicios tan vehementes
que casi evidentes son
mal guardará la justicia
privilegios al amor;
y así, mientras la verdad
no se averigüe, en prisión
es fuerza, don Juan, que estéis.

JUAN: (¿Qué he de hacer? ¡Válgame Dios! **Aparte.**
Si callo y dejo prenderme
pongo a riesgo la ocasión

de librar al rey Alfonso;
si declaro que los dos
tienen preso a don Domingo,
por entendido me doy
de sus aleves intentos
y es el peligro mayor;
mas de la misma verdad
he de vestir la ficción.)
Como disteis un oído
a la culpa, dad, señor,
otro al descargo.
PRÍNCIPE: Decid;
que nada en esta ocasión,
según os estimo, puede
hacerme gusto mayor
que tenerla de mostraros
en mi piedad mi afición.
JUAN: Pues, preguntadle a Ramiro
por don Domingo, señor;
que él en su casa le oculta.
RAMIRO: ¿Qué decís?
PRÍNCIPE: ¡Válgame Dios!

Hablan a excusa de los criados
[el PRÍNCIPE y don RAMIRO]

RAMIRO: ¿Quién de caso tan secreto
noticia a don Juan le dio?
PRÍNCIPE: ¿Si sabe ya mis intentos?
JUAN: (Turbados están los dos.)   **Aparte.**
PRÍNCIPE: Don Juan, ¿cómo lo sabéis?
JUAN: Lo que el crïado contó
es verdad mas remitimos
del caso la conclusión
para la noche siguiente,
porque aquélla lo estorbó
gente que a la calle vino.
Demás que cierta ocasión
que le importaba, me dijo

que aguardaba, y me pidió
don Domingo que cesase
por entonces la cuestión;
y más por averiguar
la sospecha que me dio
de que la ocasión sería
verse con doña Leonor
que por hacerle ese gusto
consentí la dilación.
Y así, apartándome de él,
tuvo, aunque es ciego el Amor,
tantos ojos como celos,
y en la oscura confusión
de la noche, oculto vi
que don Domingo llegó
y otro con él a la puerta
de don Ramiro, y los dos,
después de hacer una seña
que la puerta les abrió,
entraron dentro; y con esto
acrecentando el furor
de mis celos, como quien
el agravio averiguó,
a la venganza resuelto
le aguardaba; y de los dos
salió el que le acompañaba,
pero don Domingo no.
Aunque allí me halló esperando
del aurora el resplandor,
ni en cuantas vueltas al cielo
ha dado después el sol,
ha vuelto a pisar la calle;
que nunca de ella faltó
una centinela mía;
y así es llana presunción
supuesto que tal exceso
no es creíble de Leonor,
que don Ramiro le oculta,
temiendo la ejecución
de mi brazo vengativo;

que le toca este temor
como interesado en ello,
porque es más rico que yo
don Domingo, y lo querrá
para esposo de Leonor.
PRÍNCIPE: (Por su engaño y mi ventura **Aparte**
gracias a los cielos doy.)
Escuchad, Ramiro.
JUAN: (Bien   **Aparte.**
disfracé con la invención
la Verdad, y el rostro feo
les hice ver del Temor.)

Habla aparte a RAMIRO el PRÍNCIPE

PRÍNCIPE: En albricias de que ignora
la causa de la prisi¢n
de don Domingo don Juan,
quiero, Ramiro, que vos
con su engaño os conforméis,
para evitar la ocasión
de apuntar esta materia.
RAMIRO: Mucho más caro, señor,
hubiera comprado el vernos
libres de esta confusión.

En voz alta

Don Juan ha dicho verdad.
PRÍNCIPE: Pues, sabiendo lo que yo
estimo a don Juan, Ramiro,
no habéis tenido razón
en no excusarme el disgusto
que el que yo le di me dio.
De veros libre de culpa,
don Juan, tan alegre estoy,
que el pesar que recibí
agradezco. Idos con Dios,

y advertid que son mañana
las fiestas.
JUAN: Pienso, señor,
que no podré entrar en ellas.
PRÍNCIPE: No han de hacerse sin vos;
no lo dejéis por dinero,
don Juan, pues lo tengo yo.
JUAN: (En vano obligarme intenta.)   **Aparte**
Mil años os guarde Dios.
No es ése el impedimento.
PRÍNCIPE: ¿Pues cuál?
JUAN: Pensar con razón
que me culparéis vos mismo
si tan poco siento yo,
valiendo a Ramiro tanto,
haber perdido a Leonor.

Vase [don JUAN]

PRÍNCIPE: Sentido está de perder
vuestra hija.
RAMIRO: Culpas son
de sus costumbres.
NUÑO: ([¿Qué es esto?] **Aparte**
¿Cómo su Alteza dejó
ir libre a don Juan?)
PRÍNCIPE: Los pechos
podéis sosegar los dos,
que vuestro dueño está vivo
y seguro, y [tomo] yo
su vida y seguridad
por mi cuenta.
NUÑO: ¿Qué temor
podrá oponer sus tinieblas
a la luz que nos dais vos?

*Vanse. Salen don JUAN y BELTRÁN con botas y
espuelas*

JUAN: Vengas, amigo Beltrán,

mil veces en hora buena.
BELTRÁN: Hora que es fin de la pena
          que da el ansioso batán
            de una posta endemoniada,
          buena se puede llamar.
JUAN: ¿Qué hay del Rey?
BELTRÁN: Ya en el lugar
          estuviera, si la entrada
            no le impidiera el rüido
          y el alboroto que oyó,
          que efecto lo receló
          del rebelión prevenido;
            y así vine por espía
          perdida con un crïado
          suyo, que volvió, informado
          de que el estruendo nacía
            de los toros, a avisarle,
          y yo a ti, porque ya el sol
          se esconde al suelo español
          y podemos ya esperarle.
JUAN: Loco me tiene el contento.
BELTRÁN: ¡Oh, cómo tu carta obró!
          Apenas la recibió
          cuando en juvenil aliento
            sus años vi renovarse.
          Postas mandó prevenir,
          y sólo tardó en partir
          lo que ellas en ensillarse.
            Todo el caso le conté,
          y le dije que el quedarte
          a prevenir por su parte
          las cosas, la causa fue
            de que tú mismo en persona
          la nueva no hayas llevado;
          y viene tan obligado
          que te dará su corona.
JUAN: ¡Oh, qué gran gusto me has hecho,
          y a qué buen tiempo ha venido!
          Pero ya siento rüido
          en el zaguán.

BELTRÁN: Yo sospecho
              que llegó Su Majestad.

REY: ¡Don Juan, amigo!
JUAN: Señor,
          dadme esos pies.
REY: Al amor
          que debo a vuestra lealtad
              los brazos, don Juan, prevengo.
JUAN: Como rey, señor, me honráis.
REY: Las órdenes que me dais
          he guardado, y así vengo
              a apearme con secreto
          en vuestra casa.
JUAN: Ha importado
          no despertar el cuidado,
          para impedir el efeto,
              al príncipe, don García;
          y del remedio dudara
          si solamente tardara
          vuestra Majestad un día.
REY: ¿Cómo?
JUAN: Sin número son
          los castellanos que esconde
          Zamora; que ayuda el Conde
          en esta conspiración
              a su Alteza, que hoy ha hecho
          estas fiestas por ganar
          el aplauso popular;
          y así con razón sospecho
              que, porque la dilación
          no mitigue esta alegría,
          ha de querer don García
          abreviar la ejecución.
REY: ¡El mismo que yo engendré
          es mi mayor enemigo!
          Matarlo será el castigo

si culpa engendrarlo fue.
JUAN: Vamos; que ya de la oscura
               noche el silencio, señor,
               nos llama.
REY: Vuestro valor
               el remedio me asegura.
JUAN: En casa de su privado,
               Ramiro, le prenderéis
               sin riesgo; que le hallaréis
               sin defensa y descuidado;
                 que nunca el alba repite
               lisonjas de su belleza
               al mundo sin que su Alteza
               en su casa le visite.
                 Y yo sin dificultad
               os la haré franca, señor;
               que los medios de mi amor
               sirven hoy a mi lealtad.
REY: Tanto, don Juan, me obligáis,
               que está mi poder cobarde
               al premiaros.
JUAN: Dios os guarde.
               Sólo os pido que advirtáis
                 que, adorando yo a Leonor,
               puede vuestra Majestad
               hacer que por mi lealtad
               haga esta ofensa a su amor,
                 pues que de la alevosía
               que a su padre ha de infamar,
               la mancha la ha de alcanzar.
REY: Eso está por cuenta mía,
                 como lo demás, don Juan,
               que os tocare.
BELTRÁN: Yo entro ahí.
REY: No me olvidaré de ti.
BELTRÁN: Mil siglos vivas.
JUAN: Beltrán,
                 advierte que has de llevar
               una espada que le des
               a don Domingo.

BELTRÁN: No es
              su valor para olvidar.
JUAN: No temo, juntos los dos,
              todo el resto de Zamora.

BELTRÁN: Contempla, señor, agora
              la providencia de Dios.
                 ¿Quién pensara que las llaves
              que hicimos para robar
              nos vinieran a importar
              para negocios tan graves,
                 y que hubieran remediado
              peligros de tanto peso
              un hombre que es tan travieso
              y otro tan acomodado?
JUAN: No hay suceso que no tenga
              prevención en Dios, Beltrán.
BELTRÁN: Por eso dijo el refrán:
              "No hay mal que por bien no venga."

*Vanse. Salen el PRÍNCIPE, RAMIRO, LEONOR y
              CONSTANZA con luces.*

PRÍNCIPE: Esto habéis de hacer por mí.
              Ya sabéis que la persona
              de don Domingo merece,
              por su sangre generosa,
              por su valor y sus partes,
              pues como veis, las abona
              vuestro padre, que le deis,
              Leonor, la mano de esposa,
              y advertid que es lo que os pido
              lo que a todos nos importa
              puesto que no conocemos
              otro más rico en Zamora
              en quien poder emplearos;

y porque a los dos nos consta
que os tiene amor, pretendemos
que tal prenda le disponga
a conformarse conmigo
en cierto intento que agora
sabréis, pues de publicarse
ya el peligro no lo estorba,
pues la ejecución aguarda
sólo la primera aurora.
LEONOR: Yo lo hiciera, mas Constanza
es con él más poderosa.
PRÍNCIPE: ¿Cómo?
LEONOR: Después que la vio,
a mí me olvida, y la adora.
Dilo, prima.
CONSTANZA: Si un papel
suyo verdades informa,
yo soy dueño de su amor.
PRÍNCIPE: Si es así, Constanza, goza
la ocasión, y nuestro intento
tu blanca mano disponga.
CONSTANZA: Si ha de obedecer el pecho,
no ha de responder la boca.
PRÍNCIPE: Llamadle, pues, don Ramiro.

Vase don RAMIRO

LEONOR: No pienso que es fácil cosa
hallarle; que ha algunos días
que su familia le llora
ausente o muerto.
PRÍNCIPE: Mi imperio
es, Leonor, quien le aprisiona
en tu casa.

Salen RAMIRO y don DOMINGO

DOMINGO: ¿Qué me manda

vuestra Alteza?
PRÍNCIPE: El alba hermosa
en mis sienes ha de hallar
de este reino la corona.
Para nada os puede ser
la obstinación provechosa.
En una balanza os pongo
la mano de la que adora
vuestro pecho y mi amistad,
y os pongo la muerte en otra.
Escoged y resolveos.
DOMINGO: No es la vez primera agora
que a mi lealtad amenazas
despreciadas acrisolan.
Constanza es premio que estimo,
y por la propuesta sola
obligado cuanto puedo,
pongo en vuestros pies la boca;
pero con tal condición,
ni me importó ni me importa;
que no vivirá con gusto
quien ha de vivir sin honra.
Ésta es mi resolución.
PRÍNCIPE: Y la mía que proponga
vuestra cabeza mañana
escarmientos a Zamora.
DOMINGO: Muriendo ha de sustentar
la voz de Alfonso mi boca.

REY: Y yo la vida de quien
con lealtad tan generosa
defiende a su rey.
RAMIRO: ¿Qué es esto?
PRÍNCIPE: ¡Perdido soy!

BELTRÁN: ¡Aquí es Troya!
REY: Dadme esa espada, García.
PRÍNCIPE: Señor, yo...
REY: [Si me provoca]
          vuestra obstinación, seré,
          aunque sois mi sangre propia,
          enemigo que se venga
          y no padre que perdona.
JUAN: Don Domingo...
DOMINGO: Amigo mío.
JUAN: Tomad esta espada.
DOMINGO: Agora
          llueva el cielo conjurados.
RAMIRO: (De una vez la vida y honra   **Aparte.**
          he perdido.)
PRÍNCIPE: ¿Qué he de hacer
          sin defensa?

Da la espada el PRÍNCIPE

REY: No se logran,
          Príncipe, intentos impíos
          que el cielo y la tierra enojan.
          Al castillo de Gauzón
          llevad presa la persona
          del Príncipe.
PRÍNCIPE: Si a morir
          me lleváis, vuelen las horas;
          que, a quien desdichado vive,
          da la vida la muerte sola.
                          Llévanlo.
CONSTANZA: Temblando estoy.
LEONOR: Yo estoy muerta.
RAMIRO: Si a la mano poderosa
          de un príncipe...
REY: Don Ramiro,
          callad. No dañe la boca
          con disculpas a quien sé

que no han culpado las obras;
que don Juan de la lealtad
de vuestro pecho me informa,
y que vos le descubristeis
del Príncipe la alevosa
intención, por él a mí
me avisara; y así agora,
porque dar premio a los dos
de este servicio me toca,
el de don Juan ha de ser
darle a Leonor por esposa,
y dos villas, las que él mismo
en todo mi reino escoja;
y el vuestro, daros por hijo
a quien mi privanza goza,
y a quien debéis mi amistad,
y a quien, como veis, os honra.

JUAN: (¡Qué prudencia!)   **Aparte**
BELTRÁN: (¡Qué cordura!)   **Aparte**
DOMINGO: (¡Con qué buen medio la nota   **Aparte**
          de la infamia le ha excusado
          porque no toque a la esposa
          de don Juan la mancha misma!)
RAMIRO: Con ganancia tan notoria,
          en vuestras plantas, señor,
          humilde pongo la boca,
          y a don Juan los brazos doy.
JUAN: ¿Habéis conocido agora
          si soy bueno para amigo?
RAMIRO: Fuerza es ya que me conozca
          obligado, y a Leonor
          en ser vuestra venturosa.
          Dadle la mano.
LEONOR: Segura
          os la doy pues os mejora
          Su Majestad la fortuna
          que mejoraréis las obras.
JUAN: Por ganarte me perdí;
          ya te he ganado, señora;
          con que es fuerza que a quien soy

y a quien eres corresponda.
REY: Don Domingo, ¿qué aguardáis
cuando hazaña tan heroica
tan obligado me tiene?
DOMINGO: Señor, vuestras plantas solas
piden por merced mis labios
y a Constanza por esposa.
REY: Si basto, Constanza, yo
a alcanzarlo, de ambas bodas
seré padrino.
CONSTANZA: Señor,
yo me confieso dichosa.
Ésta es mi mano.
BELTRÁN: ¿Qué hacéis?
Mirad que no se acomoda
don Domingo, quien se casa.
DOMINGO: Quien alcanza el bien que adora,
pues cumple ardientes deseos,
comodidades negocia.
BELTRÁN: Agora faltan las mías,
si tenéis en la memoria,
gran señor, vuestra promesa.
REY: Piensa tú lo que te importa
según tu estado; que a mí
me importa pedir agora
perdón, porque tenga fin
esta verdadera historia.

FIN DE LA COMEDIA